山西省总工会 山西诗词学会

郭新民 主编

山西省职工诗词创作大赛作品集

『国梦·劳动美』

筑梦之歌

上卷

山西出版传媒集团

山西人民出版社

图书在版编目（CIP）数据

筑梦之歌："中国梦·劳动美"山西省职工诗词创
作大赛作品集/郭新民主编. ——太原：山西人民出版社，
2015.8
ISBN 978-7-203-09038-0

Ⅰ.①筑… Ⅱ.①郭… Ⅲ.①诗词—作品集—中国—
当代 Ⅳ.①I227

中国版本图书馆CIP数据核字（2015）第094123号

筑梦之歌："中国梦·劳动美"山西省职工诗词创作大赛作品集

主　　编：郭新民
责任编辑：魏　红
助理编辑：张志杰
装帧设计：张永文

出 版 者：山西出版传媒集团·山西人民出版社
地　　址：太原市建设南路21号
邮　　编：030012
发行营销：0351-4922220　4955996　4956039　4922127（传真）
天猫官网：http://sxrmcbs.tmall.com　电话：0351—4922159
E—mail：sxskcb@163.com 发行部
　　　　　sxskcb@126.com 总编室
网　　址：www.sxskcb.com
经 销 者：山西出版传媒集团·山西人民出版社
承 印 厂：山西臣功印刷包装有限公司

开　　本：787mm×1092mm　1/16
印　　张：26.5
字　　数：300千字
印　　数：1-1000 套
版　　次：2015年8月　第1版
印　　次：2015年8月　第1次印刷
书　　号：ISBN 978-7-203-09038-0
定　　价：58.00元（上、下卷）

如有印装质量问题请与本社联系调换

序　言

在万物生长的盛夏时节，期待中的《筑梦之歌——"中国梦·劳动美"山西省职工诗词创作大赛作品集》即将付梓，作为这次大赛的主办方负责人和参与者，面对山西诗坛的累累硕果，我感到由衷的欣慰。

举办"中国梦·劳动美"全省职工诗词创作大赛，是践行习近平总书记关于"实现中华民族伟大复兴的中国梦"宏伟构想，响应全国总工会开展同一主题诗歌创作大赛的一项活动；是我省职工文化建设的一桩盛事，也是山西诗坛的一件大事。大赛自2014年8月启动以来，在4个多月时间里，收到了来自全省各级工会组织遴选报送，以及一些知名诗人应征创作的诗歌作品1491首，其中新诗968首，古体诗523首。主办方组建了具有专业性、权威性的评审委员会，秉承公开、公平、公正的评审原则，经过初选和对作品隐名的终审与投票，一批获奖作品脱颖而出，评委会专家对评审结果表示满意。这次大赛的成功举办，得到了全省各级工会组织和广大职工的热切响应，得到了山西诗词学会的大力支持和协助，得到了诗歌界一些名家的参与和指导，在此我向各位的辛劳付出表示诚挚的感谢！

本次大赛的主题是"中国梦·劳动美"，获奖作品最突出的特点就是真实生动地反映了广大职工火热的生产、生活，从不同切面体现了"劳动最光荣、劳动最崇高、劳动最伟大、劳动最美丽"的价值理念，弘扬了社会主义核心价值观，传递出了共筑中国梦的强大正能量。广大业余作者和从事创作多年的诗人，用真诚、细致的笔触抒写劳动，抒发梦想，抒怀人生，勾勒出了一幅幅原汁原味、原生态的劳动画面，在素朴中见崇高，于简约中见壮美，有些作品达到了较高的艺术品质。可以说，此次大赛是一次现实主义诗歌创作的盛宴，为我们的时代留下了一份生动鲜活的诗意记录。

职工写、写职工，也是本次大赛的一个鲜明特点。除了一些专业、半专业诗人的参与，本次大赛的作者主要是来自全省各行各业的职工诗歌爱好者，包括工作在一线的煤矿工人、建筑工人、电力职工、机械制造业职工，还有教师、医生和机关干部。在作品评选的过程中，我认真阅读了入围作品，许多基层作者的作品语言简洁、朴素、生动、形象而又具有行业特色，这些带着生活质感和真情实感的诗歌作品，就像一阵扑面而至的清新之风，吹来了一阵阵的感动和力量。在一首首诗歌中，我看到了对劳动奉献的崇敬和礼赞，对故土家园的思念和眷恋，对美好幸福生活的憧憬和向往，对梦想的执着追求和不懈努力，充分展现了工人阶级的时代风采和精神风貌。当然，其中也有一些作品内容比较空泛，有标语口号说教过多的印迹，未能获得奖项，但我相信经过大赛练兵，基层作者会不断提高自己的诗歌创作与鉴赏水平。而这也是我们举办诗歌大赛，培养基层新人的目的之一。

这次大赛在诗歌形式上兼容并蓄，包括新诗和旧体诗词两种诗体，新诗有自由诗、朗诵诗、散文诗，旧体诗有格律诗、词、曲，还有介于两者之间的新古体诗和格律半格律新诗，可以说形式多样，异彩纷呈。诗坛曾有一些人认为新诗和旧体诗非此即彼，水火不容，甚至刻意贬低某一品种，这种态度显然是错误和不足取的。热爱新诗或旧体诗的诗作者，应该相互借鉴，取长补短，充分发挥不同诗体的优势。这次大赛的成功，说明不论新诗和旧体诗，只要下到功夫，都能写出表现时代精神、富有艺术魅力的优秀作品。

本次大赛让我想到当今诗歌如何走向大众这一关乎诗歌发展的重要话题。中国诗歌源远流长，有着深厚的文化底蕴和鲜明的民族特色，深受人民群众喜爱。诗歌发展到今天，呈现出旧体诗和新诗双舟并驰的良好局面，但也存在着制约进一步繁荣与发展的不少问题，比如新诗与大众关系疏离，日渐成为个人独白、同好交流的圈子文学。尤其新世纪以来，随着经济社会的快速发展，大众消费文化风起云涌，价值观念多元共存，整个社会文化向着世俗化方向发展，文学创作日趋边缘化，诗歌更是备受冷落。如何引导诗歌应势发展，让诗歌重回大众视野，怎样创作出符合时代和人民需求的诗歌作品，值得诗歌界和各界有识之士深入思考。

我们应当看到大众与诗歌的双向需要。当前并不是诗歌的时代，却又是一个需要诗歌的时代。在本次大赛中，许多一线职工用诗歌倾诉着自己的心声，他们带着对生活诗意的追求，写下了记忆中最生动、最切近精神世界的文字，在他们身上让人看到了大众对诗歌的精神需求，看到了诗歌拔擢生命境界、提升精神质量的使命，也看到了诗歌最大限度地满足人民大众的文化需求的应有责任。诗歌离不开大众，这是诗歌的发展方向和作为文艺的服务方向使然。关注社会群体的大多数，关注社会现实，正是诗歌应有的使命。尤其是随着社会经济的发展，工人群体不断壮大，大批农民离开农村来到城市，来到机器和流水线旁，他们的生存状态，他们的困惑和彷徨，他们的荣耀和自豪，他们的梦想和追求，都需要诗人和诗歌的关注。诗人应该融入大众的日常生活，关心大众的精神期待，关注来自生产一线工人内心的声音，关注中国广大百姓的现实人生，从某种意义上说这是在开启诗歌创作的新向度，让诗歌从虚弱苍白、无病呻吟的负面状态中走出来，也唯有如此才能创作出更多为时代和人民需要的，思想性和艺术性有机统一的优秀诗歌作品。

要让诗歌重回大众视野，必须精心培植滋养诗歌生长的丰沃土壤。文联、作协等社团责任重大，各级工会组织也要为职工诗歌创作提供良好的环境，注意发现和培育诗歌人才，努力推动各地区、各行业、各企业职工诗歌的发展，以形成联动效应，迎来诗歌艺术的繁荣。太行诗群的崛起壮大就是一个很好的范例。这得益于长治市委及有关部门、单位的高度重视，历经多年的积淀与坚守、扶植与引领，使一大批业余诗歌作者逐渐成长，锋芒展露，构建起受到省内外诗坛关注的蔚为壮观的诗歌集群。长治太行诗群，还有太原已现雏形的新诗光线诗群和旧体诗万柏林诗群，对我省职工诗歌的创作与发展具有示范意义。近年来，我省职工文化建设成效显著，职工艺术家、艺术明星等领军人物不断涌现，职工文化阵地不断拓展，文化活动丰富多彩，这些优势和条件都会成为职工诗歌发展的良好基础。希望各级工会组织重视开展职工诗歌创作活动，有条件的可以组建职工诗社，帮助职工发表出版诗歌作品，为广大职工营造出一片诗意的精神家园。我也衷心希望有更多职工热爱诗歌艺术，加入诗歌创作队伍中来，用美妙的文字关注时代、温暖人生、激浊扬清，享受诗歌带给我们心灵的欢悦和美好。

今天，我们正与一个伟大的时代同行，立足在这块神奇而美丽的土地上，见证着中华民族最繁盛的事业，内心深处的诗情和诗意不断地澎湃涤荡。我们有责任向伟大的时代、伟大的祖国、伟大的人民奉献出锦绣华章。

郭新民

2015年6月20日

目　录

新诗

生命的赞歌（组诗）

郭新民

生命的赞歌
——山西王家岭煤矿3·28透水事故抢险救援记感

这个清明，太多太多的泪水
被大功率水泵哗哗地排泄着
这个清明，千千万万期盼的眼睛
见证了又一场激烈悲壮的生死博弈

2010年春天神色迷离的颜容啊
在悲喜焦急的拯救中缓缓舒展
115个生命智慧燃烧的圣火啊
从惊恐弥漫的黑暗里灿然绽放骇世的光芒

那些曾经卑微常常被忽略的生命
此时此刻被十倍百倍放大为春天礼赞
那个矿难频仍叫人焦虑揪心的地方
又一次让牵肠挂肚的祖国得到些许慰藉

8天8夜的坚持，是生命和青春的一个高度
300多袋补液，是信念和希望永恒的热能
生命的爱液，正一点一滴滋润弥蒙困顿的心田

巨大的温暖，正一丝一缕复苏顽强坚守的脉动

哦，魔鬼般的死神，幽灵般的灾难啊
总是会倏然降临在普通劳苦的生命
神话样的奇迹，戏剧样的变幻
又总是震撼着高远的灵魂无常的穹空

抓住春天！紧紧抓住生命的春天
与死神勇敢较量，和时间坚强赛跑
让意志坚定如铁，叫信念燃烧如钢
我们众志成城，凝聚着排山倒海的力量

对生命无比尊重，不惜一切代价
这是弥足珍贵的情感和价值回归
以人为本，把灾难苦痛化作科学发展的春风
王家岭上，当当敲响了新世纪生命意义的洪钟

有一种感恩，是无比真诚的跪拜
向与死神勇敢搏斗的救援英雄深情致意
有一种报答，是万分庄重的铭记
春风频传党和政府尊重生命的崇高精神

哦，高高飘逸的云影，擦拭着蓝天的表情
自由追逐的鸟儿，抚慰着大自然的情绪
如果你的思想深入矿山井巷，你的情感抵达地层深处
你就必须认真思索一些人类敏感而现实的话题

黑暗过去，阳光灿烂
灾难过去，大爱横生
我们庆幸，救援者和自救者共创了伟大奇迹
我们祈福，至高无上的安全不再透水和溃坝

这个清明，百感交集的泪水
被使出浑身解数的水泵哗哗排泄着
这个清明，翘首期盼的眼睛
深沉凝视着王家岭上桃花儿红杏花儿白

瞩望与祈福
——写在玉树抗震两周年

想起高原，想起春天的青藏
就想起无边的辽阔，深刻的广袤
说起玉树，说起撼魂动魄的震颤
就深深懂得勇敢、顽强和坚定的意义

那一天，中国的大地战栗不已
冰冻的太阳，黯然失色
那一天，高原的飞雪疯疯癫癫
纷飏覆盖一场悲惨劫难的阵痛

有些记忆不能淡漠
有些悲痛不可忘却
有些伤痕不必掩饰
有些灾难不该忽视

每一颗善心，献出一片温情
晕厥的高原就变成复活的海洋
每一个好人，伸出一双援手
倾倒的玉树就能崛起新的丰姿

哦，大悲凸现大爱，大难彰显真诚
国旗与军旗飘扬起祖国和民族的希望
领袖与战士成为永恒的精神寄托
中国的脊梁，顶天立地

有些故事不能遗忘
有些关爱不可缺失
有些拯救不必拒绝
有些美丽不该迷幻

今天，我站在春天到夏天的高处
以祈福之心眺望复苏的玉树
雄鹰飞翔着靓丽，经幡飘动着祥和
坍塌的家园和生活重新挺立在地平线上

今天，我站在瞩望与祈福的极地
用诗人和菩萨的情怀祝福玉树
格桑花绽放着温馨，大草原悠扬着牧歌
云的故乡爱的摇篮啊，扎西德勒

北方的煤

北方的煤
山西的煤啊
在冰雪交加的年关
为南方的告急忧心如焚
一块块黑不溜秋的精灵
燃烧绚丽的火焰和激情
一块块有血有肉有汗有情的生命
灿然喷吐阳光、精神和博爱

在腊月恣雪的日子里
在时光深沉的记忆中
我们必须牢牢记住
在北方，在山西
那些侠胆义肝的煤炭
注定是熊熊燃烧的信念
是普渡众生的佛光
是解困驱寒的企盼
是掏心掏肝的奉献
是中南海心中郑重的牵挂
是万里神州众志成城的能量

北方的煤
山西的煤啊
遥望南天漫漫大雪

心潮澎湃　焦虑万分
想十万火急的灾情
想没有硝烟的战争
想寒冷、阴霾、恐惧、黑暗
想只争朝夕、多产快出
想无私奉献、英勇牺牲
千里万里的大雪啊
与千里万里的煤炭迢遥凝望着
是白与黑分明的比对
是冷与热决然的相视
雪，重重落在南方
火啊，急急燃烧在煤的心上

一车车煤
向南　　向南　　向南
一列列煤
向南　　向南　　向南
山西的煤
表里山河的煤啊
牢记着总书记的嘱托
牢记着灾区泪眼迷蒙的瞩望
煤心似箭
煤情如涌
夜以继日拼命地采啊掘啊
恨不得把心掏挖出来
献给南方
献给灾区

献给我的母亲——祖国

回家的心

回家的心
倏然困顿在年关大门口
像命定迁徙的群鸟
战栗疲惫的翅翼
默默承载着
这凛冽的风寒
这汹涌的冰雪
这无情的侵袭
这突如其来的噩梦
模糊了多少灿烂的眼睛
冰雪凝结的泪花
在大地母亲的面颊上
凄然流淌

回家的心
焦急期待着
隆冬阻隔的温馨
亲人遥远而急切的呼唤
这个失常变态的冬天
不可思议的冷漠和无情
滞留了多少阖家团聚的梦想
心的火焰
血的激流

情的浪花
此起彼伏
都朝着家的方向

回家的心
永远铭记这个时节的一切真实
一颗心又一颗心深切感受
祖国大家庭崇高的意义
中南海紧急调拨阳光仁爱
大江南北谱写英勇抗灾的浩歌
亿万颗心　聚拢在一起
就凝结成一个民族的意志
哦，春天就要来临
冰雪的魔影正在消退
回家的心啊
沸腾一曲中　华　魂

劳动者剪影（组诗）

梁志宏

劳动节感怀

今天劳动节。一个退而未休的
诗人，想到劳动，想到手
伸出自己一双劳动者的手掌

并非测看手相。我展开掌心
检视掌纹里流过的岁月
攥紧拳头，握住命运的赐予和指向

劳动真好！用我们的双手心智
添城乡秀色，绽诗花芬芳
寄托中国梦一份微缩的梦想

在劳动节，我向平凡而伟大的
劳动者致敬！也向挥霍侵吞民意的
贪官腐吏，投去愤慨的目光和法网

又一条道路改造施工

又一条道路改造施工
天蓝色的隔板，横在十字路口

如一道隐秘而公开的帷幕

蓝色幕后，打响了又一场战役
挖掘装载机械轰鸣着推进
建筑集团军与民工小分队次第入驻

分明在演一场筑路连续剧
烈日下风雨里的宏大叙事
帐篷里的鼾声梦呓，同样感人肺腑

蓝色的隔板牵系着城市潮汐
大幕铿锵开合，昼夜演示着
当今时代的主题：畅通与提速

出站口速写

人流伞花簇拥，火车站出口
一个农民工，两个乡下的孩子
走在七月淅沥迷蒙的夏雨里

弟弟抓着依靠，神色有点儿局促
哥哥忘了打伞，只顾张望着
广场、高楼，眼里流出几分惊异

这小哥俩，想必第一次作客
陌生的都市吧？旧夹克衫不入流
我的眼睛突然有点儿潮湿

来吧孩子！做一个城市梦
风雨彩虹……或许若干年后
今天的入城式会链接一部创业传奇

写给一位盲人按摩师

那个春节是黑色的
喜庆的爆竹，以喜庆的方式
酿就了一个少年凄切的悲剧
往日的蓝天彩虹、绿野花簇
被一道黑幕封死了
健硕的双腿不想迈出半步

泪水流尽之后，不再哭泣
太阳熄灭之后，心焰犹存
茫然无际和死寂的
痛苦与黑暗中，经历怎样的"蝶变"呵
你点亮生命的光源
再造日月照耀的人生

重新站立，行走
用十根手指探寻未来
在肌肉、经络和穴位上行走
在劳动者的价值和尊严上行走

你用一颗爱心和十二分坚毅

一步步拓宽与延伸着脚下的路
和心头卑微、起伏的梦想
只是，常人难以体味
你招牌式的微笑背后的忧伤

太行大峡谷（外一首）

张承信

南面是悬崖，北面是绝壁
莽苍苍，巍巍乎磅礴百里
霞彩在露珠上闪亮
山鹰在崖畔斜飞

需要纯净，需要静穆，需要仰视
目光与山岚对视，心灵与飞瀑默契
在最低处，危崖岩松遮地接日
棱角分明的岩壁，每一块都铁打钢铸

只看见山岚变幻，
只听见劲风横吹
每一眼都是惊愕
每一步都有奇遇

那洞窟庇护过岳家军的牛皋，张宪
那片石为刘秀抵挡过王莽的箭矢
曹操从羊肠坂征讨强虏
八路军在铁壁下击溃倭贼……

赤色的，黛色的，粗粝的峡谷是大山的断面
集太行之险，太行之奇，太行之美

巍巍呼，横的都堪作梁栋
莽苍苍，竖的都堪作柱石

长治八音会

聚光灯铺开一幅画卷
仿佛置身辽阔的草原
身穿红肚兜的演奏者
与乐器摔跤，蹈海掀山

锣王欲把铜锣敲破
琴师拼将琴弦拨断
鼓手引领《百鸟朝凤》
唢呐似心泉涌出山巅

窗外，有几片桐叶飘落
人与自然同频共欢——
漳河流的是蜜
太行绽微笑的脸

白衣少年舞罢《丰收》
献歌的女士黑裙黑衫
南腔北调味正音圆
举手投足有板有眼

和谐与富裕变奏
八音会沸腾了六月的夜晚

这并非庆贺节庆假日
只是农忙中一种梦幻式的休闲

我们的并州路（外一首）
——为太原并州路封闭改造一周年而作

周同馨

如果
将日月的长镜头
推回　1978
稚弱的我扛一个白木箱子
从忻州出发
求学山大

从此
我生命与生活
与太原并州路交响混杂
上学走它
上班后也走它
一条老路牵走我36度年华

那时
并州路真的太老啦
枯瘦的身躯
爬满拥堵
匍匐的拥堵下
坑坑洼洼

日子在修修补补中呻吟
司机在坎坎坷坷间谩骂
苍老的并州路呀
尴尬中等待
等待中尴尬

五一广场到山大
有时耗费一个小时挣扎

岁月腾挪
2013春夏
古城
天降　一批又一批筑路大侠

有人徒步侦察
有人挑灯规划
有人　热汗挥洒

恍惚间
中环路展翅绕双塔
返老还童的太原呀
数十条老路与新路
纷纷抽枝发芽

并州路也数月闭关整容
终于　脱胎换颊
一条顺溜溜的城市大道

以车辆与行人为文字
以高架桥为题跋
刷刷刷
书写　顺畅与通达

2014仲春
欣喜的晨曦点亮窗外春花
麻木数十载的心情蓦然开闸

我决定沐晨阳
驱车　沿并州路出发
看一看路旁绿荫与红葩
再去拜访梦真大画家
恭请他为太原默默无闻的筑路者
画一丛火红而不屈的梅花

永远傲霜
永远清雅
永远挺拔

盼　雪

太阳　又不屈不挠地
升起来了
拉开银灰色窗帘
窗台上的麻雀和等雪的愿望
扑拉拉　又飞得无影无踪

这个冬天
这片土地
居然没收到
云笺寄来的一朵雪花
干燥的冬野
像那只空置已久的邮箱
空空荡荡地失望着
两只破旧的音箱
蜷缩在街角　演唱一首
声嘶力竭的老歌
怀旧的感伤与上气不接下气
的冷风
在卖烤红薯大娘的脚边缭绕着
试图觅寻盼雪的知音

再过几天就是圣诞了
没有雪花的节日
拿什么来装点
那个敏感女人孤独的心

城东十多里有座小寺
我独自步行前往祈祷
老天，下雪吧　下雪吧
为了明春绿油油的麦苗
和今冬有些干燥的她

走向田园（外一首）

雪　野

园子的左手
是满头秀发的垂柳
园子的右手
是铜枝铁干的枣树
跨过群山低矮的门槛
古老的四季如约而来
歇息　嬉戏　撒泼
雪花一整个冬天都在村庄打坐

惊蛰过后　篱笆里面
就会住进豆角　南瓜　从不吭声的土豆
一些
不知名的小草野花　长在玉米的根部
那些细微的腿脚沿着枝杆拾阶而上
缠蔓青青想起年轻时候的爱人

园子里面
你可以掊些老葱　麦子一样的嫩韭
它们渺小　但从不畏严寒
那鹅黄的小手
可以第一个向你报告
系着披风的春天　和晚归的羊群一起到来

一块小小的田园

可以植些杏树　桃子　按季节开放

植十几株黄花兰草

在郁闷的时候讨一些南山的清香

细小的葡萄花不是多余的灯盏

三月的蜂歌唱到四月

落英过后

是梦到秋天　翡翠珠宝的挂果

这时

你要费些力气

锄掉注定要发疯的杂草

把一桶又一桶

流锡晶亮的井水注满阡陌

做完这些之后

你就可以泡杯清茶

坐在木头上抽抽烟斗

看看《天工开物》《艺术的起源》

在楚河汉界

指挥你的士象兵车

不过

最好的事情还是约上好友二三

在葡萄树下拧亮马灯

在磨盘石桌

摆上豆干花生少许瓜果

谈谈好汉当年
谈谈花朵暗淡的女友
和那些木牛流马的诗歌
但老酒不限
一直喝到鸡声响亮

南山之约

我的田园　拟定二月苏醒
骑上风筝　我想让你荷锄而来

我这里有种籽饱满
五座谷仓
九月酿酒春荒放粮
八乡邻里衣食无忧

我想让你　带上过去
所有的泪水弃梦而来
种瓜点豆
灌溉儿孙们遍野的庄稼

当然
你可以从羊身上取线
在柳树下纺花织布
你也可以
临水抚琴　高原走马
但不可以

耽搁孩子们的四书五经
吟诗作画　纸上谈兵

当然
来　或者不来　那是你的终身
你一定
要在金丝笼子里仔细想好
我这里　冬天雪大
夏天鸟多　且山高水长

站在高处的人们（组诗）

赵少琳

三月五日，一辆红色出租车

街市上　一辆红色的出租车
带着温度　在寒风里
在寒风里
在平凡和焦虑中醒目地掉头

眼前　一位老人　在自己的边缘
像灰暗中一片瑟缩而抖动的叶子
软弱　绝望　而又痉挛地
掉落在了雪地和陌生的路上

风刮得有些硬　硬得没有被人认出
在陌生的路上　似乎
灯光有些远了
人们的脚步声有些远了
雨露和尘世也有些远了

然而　在寒风里
一辆红色的出租车
是一辆红色的出租车
向着出事的地点

掉头　转向和停靠　带着温度
与内心的急切和勇气

是一辆出租车在给这个时代加温

工地上　一颗螺丝钉

工地上　一颗钢蓝色的
螺丝钉　像一个北方男人的手臂
直率地
伸向图画中的汽笛和早晨

强夯和钢筋
以及砂石
仿佛是在琴箱里　演奏着
丁香在不远处传递着香气

铁锤移动　带着压力和速度
写下了他一些重要的思想

脚手架在升高　在一朵花的位置上
把阳台和窗子举向了高处
仰望中　我想
这仅仅是一个时代的偏旁

工地上　一颗钢蓝色的
螺丝钉　一个北方男人的手臂

在十月　枫叶醒目的颜色里
要把未来和梦想拧紧

劳动者

不要以为我们的劳动平凡到了极限
感人的金子就在无数的沙子中埋着

别说我们谦卑和渺小
我们的凝聚就是一种无限的巍峨

我们优雅和高洁
散发出的光辉也编织进了祖国

我们演奏和焊接
就像一名迎风的船长在高傲地掌舵

我们在把理想打造成宫殿和花园
用心也用誓言

因而　我们列队集合　在早晨
在公路上　向着远方
一次次地出发
又　一次次地收割

动

王国伟

我把许多动词
用来形容生命的韵味
它们比形容词更具质感
更具真实性与表达力

我在动、你在动
我们都在动
我们一直在以动
对抗时间的静穆与宏大

现在我坐着，我不动
但我坐地日行八万里
思接千载，云蒸霞蔚
原来耕种文字与耕种土豆一样

都会发现美，感受到幸福原来是
这样的简单而直接
它一点也不虚伪
不需要谁来采访，它与生俱在

动，多么富有诗意
因而它的美

渗透入每一寸历史
在分秒中变幻着无与伦比的纹理

动，浑然天成
轻与重、弓曲或支撑
力量的玄妙在流淌与静默中
完成一个个新的开始

如果我们动得波澜壮阔
如果我们动得足够快或者慢
我们就会与时光同行
就会将重力的动升腾为云力的动

如果我们动得流畅而质朴
如果我们动得足够真实而本色
我们就会静止，就会在时光的帷幕上
镂刻下永恒而炫丽的光影

为了153个矿工兄弟

——王家岭煤矿3·28透水事故抢险纪实

魏　红

2010年的春天
和暖中依然裹着轻寒
王家岭的山坡上
山桃花在料峭中绽开了笑颜

3月28日，一个不寻常的日子
一场猝不及防的透水事故
将153个鲜活的生命推向了死亡的边缘
就在这一刻
全世界将关注的目光聚焦在黄河岸边

第一时间
胡主席、温总理当即作出重要指示
副总理张德江带领相关主要负责人疾飞现场
第一时间
省委书记张宝顺、省长王君火速抵达
调动一切可以调动的力量
第一时间
一路路救援队伍以急行军的速度
从全国各地开向王家岭

以生命的名义争夺时间
以生命的名义奔赴现场
蜿蜒的山间公路上
一下聚集了千军万马
密集的车灯刺破夜空
将生命的通道照亮

四套排水方案，专家精心论证
优中选精，精中选快
体现着对生命的尊重
千吨的设备
通过工人的肩和手搬运到现场
争时间，抢速度
三个月的工作量仅用了三天三夜
再次见证了我们工人的力量
从毫米　到厘米　再到米
水位刻度在迅速下降
救援者的信心却更加高涨

4月2日14时10分
120多个小时的漫漫等待后
井下突然而至的敲击钻杆声
让亿万人喜极而泣
钻杆上捆绑的一小段铁丝
给了人们无限的希冀
营养液、防爆电话，载着亿万人的心愿
不断地送到井下

就在人们片刻的喜悦过后
潜水员却带回了令人沮丧的消息
井下也从此悄无声息
防爆电话没有任何回音
可视探头图像仅闪了几秒
等待，又是漫长的等待，揪心的等待
焦灼了每一个救援者的心
亿万人度过难挨的8个不眠之夜

4月4日，抢险救援进入第8天
23时15分，第一个橡皮筏下水了
井底走船，刷新了人类航行的历史
4月5日凌晨零时40分，
即矿难发生179个小时后
第一名被困工人升井
亿万掌声惊动天地
中南海驰电慰问
围观的老百姓跪地磕头
7天8夜，所有人企盼的奇迹
终于在这一刻变成了现实
紧接着，114位工人相继升井
4月5日，成为中国救援史上的里程碑

中南海里，胡主席、温总理再次指示
卫生部副部长尹力带领21名专家奔赴山西
省委书记亲抬担架
数百名医护人员已等了3天3夜

153个救护小组枕戈待旦
153个特设病床空位以待
153套治疗方案量身打造
153辆救护车翘首期待
从王家岭到河津到太原
生命的绿色通道一路铺展
温馨的护理，精心的治疗
还有一对一的心理疏导
确保每一个被救者身心康泰

我们不能忘记
在场的3000大军和随时准备的数万预备队
还有孤身守卫供电铁塔的电力巡检员
不能忘记
最先进的通信设备的倾力支持
千名武警公安民兵值守在沿线
更不能忘记
众多志愿者的默默奉献
还有上百新闻记者坚守一线
把激动人心的消息瞬间传遍大江南北

为了153个矿工兄弟
我们携手并肩，谱写了一段与死神抗争的人间神话
为了153个矿工兄弟
我们同心协力，奏响了一曲体现生命尊严的壮歌
这是中国人民挑战生命极限的伟大胜利
更是上下同心维护每个生命尊严的崇高壮举

劳动者的歌谣（组诗）

雷 霆

霞光中的脚手架

这是伸向天空的筋骨，有崭新的音节
静静地等待越来越明亮的大地
这是一把一把渐渐暖起来的发卡
它们在空中翩跹，闪烁着汗水的光芒

一定是累了，那种悬在空中的收获
我看见朝霞的红，照见命里向上的事物
许多时候，当我从远方去到更远的地方
在车窗外，祖国林立的脚手架像亲人的手臂

这些年我琐碎的梦想，被旅途一次次拓展
向你空中的姿态学习，学会谦卑和踏实
什么事物在升高，又有什么在回归中
渐渐告别了萧瑟的秋天

这是早晨，我凝望远方的脚手架
一颗心怎样抚平这彻夜不停地飞翔
大风吹过家园，霞光中金色的大厦
多么像我的兄弟，留在尘世里的功名

我想和你说那是矿区

我想和你说那是记忆中的矿区
在暮色中，我曾无数次来过这里
穿过煤尘荡漾的街巷
我看见山坡上的房屋
远远近近的灯光像思念的眼睛
偶尔会有女人的身影闪过窗棂

这是搭在山坡上的家园，单薄而温馨
记得那是在春天里，坡上的野花盛开
我注意到石砌的矮墙缝隙中小草在疯长
褪色的窗花安静得像时光深处的老故事

一个人的时候，我常常漫步在山冈上
一群回家的工人扛着铁锹向我走来
我目送他们的背影消失在夜色里
只因为人间需要太多的火焰，他们
才俯下身去，让干枯的日子渗出甜美

我相信他们就是我穿过黄昏的好兄弟
他们内心的火苗守护着微凉的生活
现在坡上的房屋已归于记忆，但我
依然会说出它们的名字：棚户区

石匠记

寒风刮过窗棂。冬夜有寂寥的美
借着油灯昏暗的光，能看到石头
被铁钎凿开的经络，斧头起落
石匠挥动手臂的影子照在墙上

一块石头要变成磨盘，要经过深沟浅壑的打磨
日月交替，沉默的石头为自己的胆怯开口说话
像石匠一样的人生，靠手掌的温度去表达自己
在那茅草屋，只有这浩荡的风吹开一穷二白

我喜欢你抡起的铁钎，和它上面的冰屑
如果不是在十冬腊月，我会把冰凌花
和你联系在一起。 或许会把苍茫的石头粉末
一起叫做乡下。走风漏气的亮堂的家啊

什么吹遍你的疆域？那一定是我幼年的念头
远走的和到来的一模一样，已是中年了
还念念不忘溪水的明亮，不忘山谷的幽静

我们是不会错的，当河床干枯得说不出话
你任凭寒风吹啊，吹不走走南闯北的石匠
因为人世间的事情，越坚硬的越得小心翼翼

兄弟（外二首）

刘永贵

那个光着膀子扛水泥上楼的人是我的兄弟

汗水流下来　　他咬着牙

一级一级向上爬

那个喊破嗓子卖白菜的人是我的兄弟

"一块钱十二斤……"他疼痛地喊着

他的喉咙喊出了血

那个挂在凯乐歌厅半空的人是我的兄弟

让玻璃再明亮一些　　让一场艳舞

成为他夜梦的一部分

那个用手指说话的人是我的兄弟

他浇花　　修剪树枝

他搬运着阳光　雨露　好心情

那个丢失身份证的外乡人是我的兄弟

他在伤心　手上的茧核

无法证明他的身份

那个三和超市背后爆玉米花的人是我的兄弟

"砰"　　一声爆响

他的生活多了一层阳光

那个打着竹板卖老鼠药蟑螂药的人是我的兄弟

和宁街到平喜路　　他的竹板声告诉人们

那么多的老鼠和蟑螂还活着

那个坐在台子上喝红酒玩女人的人是我的兄弟

旗帜举过头顶　他不认识我
我认识他

女清洁工

不要当面对她们说高尚
不要给她们鲜花和掌声
凌晨四点是她们工作的时间家有儿女
她们是母亲是梦中的一棵草
前面是城市
背后是乡村
请原谅她们荡起的尘埃
请慢下脚步
给她们灿然的微笑
她们是城市最早的动词与时装无关
她们卑微贫苦不认识宝马
一个鞋盒
是一枚鲜红的果子看见第一缕晨光
不是乡下的那种听不见鸡叫
内心的酸楚她们一忍再忍
她们是乡下的代名词
收完玉米走向城市
因为一双粗糙的手弯下了腰
不要谈论她们的身世
她们的儿女是城市的儿女
她们的一滴汗是城市的一朵花

背沙子的农民工

他们是动词
让这堆沙子动起来
让蛇皮袋鼓起来
让每一滴汗
淘出金子

一楼到二楼
到三楼四楼
不说疲倦
只说幸运
这样的活儿不是每天都会有的

锄头闲下来
身体不能闲下来
就像叶脉上的送饭虫
有时候向下爬
有时候向上飞

一缕阳光就够了
就能够让重心　成为引擎
把身体里的盐　挤出来

向上　让沉重更简单一些　心底更明亮一些
生活的缝隙
更小一些

方块字：辽阔的黑森林（组诗）

王文海

这里是万里长城沿线最奢侈的观景台；这里是苍茫雁门关外最深藏不露的泪腺；这里是集塞外原始的野性与世界最先进露天工艺之美于一体的展览室；这里是吹响了中国改革开放号角的"试验田"。

——题记

聆听：大地深处的交响乐

晋北，烽火崔嵬，古长城在时光里逶迤寻来
一个叫安太堡的地方，从容地打开了她的胸膛
我们惊异地看到了那些黑，那些世界最洁净的白
她们次序井然地排列着，拿着各自的乐器

她们没有受到人们的打扰，依然在忘情演奏
从古典到现代，从田园交响曲到命运交响曲
那些浑厚的旋律在低鸣中回荡，像极了潮起潮涌
如果还有爱情，我想定是单簧管里跑调的那个音符

流云是最杰出的指挥家，她们将晋北牵扯于股掌
序幕层叠，从安太堡开始，到安家岭，到东露天
庞大的黑，让人肃然起敬的黑，谦逊低调的黑
把生命看得超然脱俗的黑，演奏使其他景色都黯然

即将赴汤蹈火，她们将奉献举过头顶，疾书成警句
而对个人的不幸，所有的同行者集体选择沉默
最后再演绎一曲大合奏吧，将亿万年的能量累积起来
我们是煤，燃烧是我们唯一的信念，我们已做好了准备

以煤的名义：熊熊地思考

许多时候真理都将光芒掩藏起来
这使得俗世里走在迷途中的人们不知轻重
拒绝出声的事物有时拥有最好的歌喉
被阳光所朗诵的都谦卑地低着头颅

煤，大地真正的骄子，收羽而归的哲人
因为她的牺牲，苍穹从此才有了人间的颜色
煤，本色出位的智者，素颜而立的书生
满腹经纶，你吞吐的都是华夏远古的文明

我从侧面看到了煤的脊梁，陡峭而温润
不亢不卑，多像中国文人嶙峋的背影
但震撼我心灵的，还是煤的思考方式
只要认准是真理，哪怕熊熊地燃烧了自己

煤之以后，世间不会再出英雄和圣贤了
当灰烬流传在风中，连星辰也倾斜了几分
江山在寂静中转身，我爱上了煤的纯真
顺便爱上了她的羞涩、衰老和皱纹

皈依：用最质朴的信仰

宁武煤田北缘，平朔大露天矿敞开胸襟
取走我的心、我的肺、我的胆、我的胃
拨亮人间的灯盏，用我最初的体温
我会永远活着，用我的信念支撑世间的歌声

我是一道曾经深埋在地下的闪电
我奔突、我撕扯、我扭曲、我抓狂
我曾以森林高贵的血统而昭示黑暗
可是我在黑暗中亿万年摸索，茫然无措

今天，披荆斩棘般地畅快，我绽放出烟火
浩然大露天里，或撇或捺，或提或钩
我恣意徜徉的书法，尽情抒写内心的磅礴
乌金的帝国里，没有王者，众生平等

我是煤，我以牺牲自己而获得永远存在
我是蝴蝶，我是花篮，被打翻后缤纷错乱
我从没有企图留住春天、夏天或明天
我只祈愿，人间的灯火在我灰飞烟灭后更斑斓

煤与梅：愁肠婉转的错别字

倘若孤独可以被画出来，那应是一瓣梅花
安静地落在黄土之上，而庞大的煤层

在黄土之下绽放闪电之花，却从没有说话
每次想到这样的画面，我都禁不住潸然泪下

凝望煤的眼神，宛如凝望一树迟开的梅花
我甚至能听到煤的心跳，像爱人的招引
能成长在晋北大地与煤为邻，我不虚此行
而面对煤时口齿不清的表述，我显得力不从心

我生来的过错，就是认为黑与白是同一种颜色
火字旁与木字旁的区别，仅仅是一种猜测
煤与梅只是事物的两个侧面，或者说
是同一事物的两种不同提法，我这样坚信

在我的坚信之下，梅花开始纷纷落下
那不是绝唱，作为梅花，美得旅途刚起航
而大地汹涌，再生的煤也踏在了升华的路上
他们相伴，耳语，让美从此带上人字旁

平朔：燃烧在北国的一团火

云朵在碰到云朵之前，叫苍茫
月光在揉碎月光以后，叫沧桑
在我遇到你以前，并对你心怀偏见
开始与你攀谈，才知这是与哲人的会面

当我无意说出安—太—堡这三个字时
我看见蝴蝶和蜜蜂瞬间飞了过来

当我谨慎地说出了平—朔之时
天边雷声过后，闪电的花环徐徐降落

还有谁可以真正缓解我们内心的饥渴
用一扇窗口让一个民族站到了高处
平朔，启动了中国改革开放进程的先锋
你旗帜上的红，那是亿万年的煤淬火的朗诵

平朔，烈烈燃烧在北国的一团火种
你照亮的是远古大森林的前世和今生
有些信仰，可以化为彩虹，也可撒成灰烬
平朔，用广阔无垠的奉献诠释了什么是忠诚

祖国之书（组诗）

麻小燕

祖国之书　青铜

近乎残酷的铸造之美

烈焰与玫瑰之舌，相信我已看到

那些民间的劳作者、汲水女子

他们忘我淬炼的背影

金木与水火，生长万物的泥土

帝王、侯爵，高高在上的尊严

强者的名字刻上青铜器皿

而卑微的布衣只留下永久的艺术

我能感觉到绿松石、玉叶

在你坚硬颈部的美丽

一陶一范，阴阳铭文

是你裸露的历史之嘴唇

欲言又止地暗示夜飨与祭祀

多少死亡证明你现世的痛苦

你在静默中水一样流去，斑斑锈迹

我宁可相信那是依然活着的水草或浮萍

削铁如泥的雄雌铸剑

千锤百炼的奔马、战车、铜鼎

与太阳月亮的幽光同时闪现

在时光静止中依然前行

我看到的其实也是想到的
而谁留下或者离去已不重要

祖国之书　甲骨文

神秘的预言，逝者所知的真理
阴阳之翼与卦卜的暗示
海水汹涌，庄严的龟背上
美丽的线条绽开万千气象
慢慢地，月亮、星星、银河的水声
洗净浑浊的云，天蓝得像伤心
无岸的水，篓中的鱼儿跳入沙滩
腰间裹着桑麻的人们，黑暗中
他们认出并记住了自己
男人用石器驱赶饥饿的野兽
女人爱上闪电，就比蛇多情
最冷的时候只能相互拥抱
像石头相撞，梦见并捉住火焰
想象之外，龙突然跃出水面
没有谁不需要安慰的图腾
青铜的汁液灼热而凝重
赤裸的人群疯狂地甩动长发
祭祀、舞蹈的火焰燃烧得更烈
时间一定抓住了什么
河蚌听到了砂石间埙的低鸣
太阳触摸着渔网而升起
就像风载着帆，安眠于象形的水

我的祖先就住在那里
他们应该比我年轻……

祖国之书　云冈石佛

北魏的风，粗砂岩隆起的山冈
更高处，野茫茫的艾草涌过来
仿佛搬运经卷的驼队或马帮
这时，我看见你宽阔的前额
深如大海的眼睛、鼻翼、口唇的曲线
多么智慧，耳垂的轮廓坠下来
风声、雨声的河流涌起大浪
奔向你右肩袈裟，袒露的手臂
似沙数的恒河水在千里外荡漾
你趺坐如缠龙，穹顶上镶满古老的花朵
太阳、月亮、星星，无限的佛光
所有的佛都是唯一的佛
所有的石头都是唯一的石头
你超度苦难先要承受苦难
佛，有时比人世更加沧桑
战乱、灾难、人为的侵扰
转世、轮回、善意的慈航
时间在静止时滔滔流过去
我看见洞窟石榴一样裂开
墙上的裂缝，发出芽来
它以人的眼睛看我
闪电、雷霆和色彩的怒放

音乐展开，岩石吹着口哨
悬浮的语言轻如光芒

祖国之书　南山寺

大雄宝殿宏伟而沉默
华丽而壮美，其上是山
是伟大的停顿，圣殿的柱子歇着
飘逸的飞天，摇曳如云
踏实的阿难与迦叶双手合十
你会看见风，从滴沥的蜡烛前拂过
天王筋腱生动，袒露相扑手的力量
时间的对岸，普贤升起十八只象牙手臂
隐修的瘦骨罗汉
核桃一样的脸取代了更多的
苦难，以他苍老而深陷的孤独
让我们在此感觉很幸福
和尚敲击的木鱼
随念珠似的梵文水一样流去
他必须揉碎一粒砂，寻求
汪洋中一杯淡水的珍贵
就像婴儿必须啼哭，因此就有了光，及呼吸

祖国之书 唐三彩·仕女俑

这是一位

不食烟火的女子

在幽蓝、碧绿的光里

她的眼神

藤蔓一样缠绵

浮云一样自在

她的酒窝

藏着秘密和无尘的浅笑

脱离，人世的烦扰

她轻盈，起伏的身姿

快乐而幸福，仿佛

置于海上

她紧凑而讨人喜爱的肌肤

被疯狂的纱衣

像一股风披在肩上

海浪般狂恋着

她的身体

她的岸，美丽的唐三彩

正宁静地讲述着她与主人的故事

而主人已逝

她却永远活着

将死亡从冬眠中唤醒

使我面对她的美像醉汉一样

不至于跌倒

太行山上的向日葵

金所军

那是一株高高的植物
那是陪伴记忆成长的沧桑
那是见证风雨和天空的眼睛
那是阳光下飞扬的感动

在节令的内部扎根
凝结着岁月的苦涩和希望
在季节深处守候
以守候的方式等待果实与收割

高处的风没能使你停下脚步
更不能压弯你向上的愿望
你的枝叶映衬着大山的脸庞
你迎风的躯干挥舞着群峰的绵延

任何时候都不能忽略你的高度
任何风雨都不能侵袭你的饱满
你静默你无言一路走来
你钢骨你柔情内心璀璨

在太行山上
你以生长理解着厚重与巍峨

你以开放灿烂着左面的山峰和右面的山峰
你以向上的力量担负了夜晚与白昼

你，长成了独特的风景
以色彩描绘太行山的云天
你，怀抱山上的小路和山下的村庄
以火焰一样的怒放展开生命的平凡和绚丽

太行山上的向日葵啊
那一日秋阳高照，我经过你
看见你转动的头颅始终向上
那是时光都无法阻隔的爱啊
大山上到处都是

劳作使梨花盛开

潞 潞

秋风 秋水 秋天
大地在暗中悄悄把手掌松开
即将成熟的稼禾仍然期待着
它们的骨节赶路一样噼啪作响
使空旷的田野显得夜色沉重
这种美可以追溯到久远的年月
那里所有的寓意都更为单纯
我看见大地的白光中粮食在沉睡
无疑这是庄严的时辰，人们疲倦了
整整一天农人们弯着腰身
简单的农具插进土中又拔出
土地十分黑暗只有裂口上一道白光
农人的眼睛就这样不断被照亮
繁重的劳作使梨花盛开
这才是属于平凡日子的真正奇迹
粮食一再缄默着并且错落有致
它们首先冲破种子而后升入高处
这种普遍的经历依赖于北方
那里最高的峰巅上有农人的冠冕
如同一座移植过来的奇异天地
我们被召唤然而却不能返回

因为一个孩子的指引使天空明亮
恢复了和谐的事物并将它们聚集在一起
其中高贵的粮食永远被人类所爱
我看到忙碌的农人们三三两两回家

赞美之诗

韩玉光

我再一次写下
关于左邻右舍的诗——
一个赞美者
终于找到了赞美的理由；
一个无神论者，最终目睹了众神的生活
嘘！不要打扰那个给花木松土剪枝的中年男人
不要惊动他灰白的旧夹克、裂口的老布鞋
那个发动摩托车，"嘟嘟"响着
准备去建筑工地的小伙子，脸上仿佛挂着一帘美梦
清晨的阳光流淌成了明亮的河流
那些置身浪花中的清洁工们时起时伏
有了黄瓜、土豆、辣椒的清香，就有了香气中
仰起脖子叫卖的老人，一连几年
我已把这位在小区门外兜售鲜菜的乡下人
当成了我风尘仆仆的远方亲戚
不远处，有蝴蝶风范的年轻女工
正在门店前集体起舞
我似乎无法说出眼前之美，但我一直在努力说出
这一生如果真能获得一双翅膀，他们
就是恩赐翅膀的天使，这一生
如果真的可以以梦为马，大街小巷
已经幻化为草原，这些内心的蜂巢

藏满蜜甜的人，是我一直在倾心赞美的人
这些让劳动成为节日的人，是我的父亲、母亲
兄弟和姐妹。我羞于对着他们
读我昨夜写就的诗行，只有他们
才是我的词根和母语
我想说：早安！生活
——我想说
如此丰饶的岁月枝头
已经伸进了梦想的窗口

低 下

姚江平

低下头就进了家门
头低下就出了远门
头一低就上了山冈
一低头就一年光景

低下头，一个人走在
一条乡间路上，身影有点
孤寂，突然的起风
风"飕"地穿过他两腿间
差点撑破裤裆。腿根处着凉

夏季的雨脾气又急又暴
踩着风的后跟，"噼里啪啦"
劈头盖脸就是一阵淋漓尽致的天浴
一截土路有些心慌
压肩的农具保持沉默
从左肩换到右肩

精耕细作点种间苗薅草施肥松土
这是庄户人必须低下头
才可能做好的一门功课

低头是春扬手是秋
低下就是春风几度
低下就是万紫千红
低下就是五谷飘香

庄稼长得高高了，风情万种地
端坐在田野上，清香的味道
弥漫了天地。粗笨皲裂关节僵硬的
手，采摘着时光身心里的
阅历；紧紧攥住必不可少的
活计，深深弯下腰
捡拾人生的颗颗粒粒
咀嚼花开花落间的记忆
被风压得很低的小草
无语，蒲公英的姿态低了又低
爱闹腾的蝴蝶，翅膀折叠肃立
惊慌失措的七星瓢虫
在草叶间爬来爬去
它着急的样子似乎在寻找什么
一群蚂蚁纪律严明或扛或抬搬运着食品
崖畔畔上一丛一丛的
酸枣树，圆圆红红的酸枣
解了我一辈子的嘴馋

鸟雀在低空飞来飞去
它一家子，也要栖居在树荫下
被大地抱在胸前或揽进臂弯

和一个个村庄里一户户的人家一样
一天天的日子尽量要过得滋润

鸟儿也是上有老下有小
鸟儿生活也不易，绝不是
你一眼看去它扑扇着翅膀，在天空自在地
飞翔。就如我们走在大地上一样
鸟世界也是适者生存，也是家国天下
也是四季，也是有春有夏和秋冬
也是要养家糊口养儿育女
也是要必须进行劳动必须
低下头，眼神机敏地扫描着田野
眼珠儿贼亮贼亮的，田野里
那些谷粒和柴草棒儿是它一家
日常生活里，不可或缺的基本要素
低下头，一次次俯冲
撒欢的羽翅划出一道优美的弧线
气流的分合之间，鸟雀就像
一个自由体操的高手
舒展大方优美流畅地
就把一套动作完美地展示给了蓝天和大地
鸟的世界也一如人间
有时为了抢一粒粮食大动干戈
吵闹厮打，也有长舌的婆姨们
叽喳不休，累扰四邻

鸟雀世界也并非风调雨顺

鸟儿也有忧欢和饥饱冷暖
鸟儿也有鸡零狗碎，也有
小气鬼吝啬客。也有
阔绰也有寒酸，也有
小肚鸡肠，也有英雄
也有赖皮，还有坏鸟
口蜜腹剑，也存在着
窝里斗搞派性耍心眼
也有贫贱夫妻的坚贞
也有盗窃抢劫与强奸
也有偷嘴偷情和投机
也有青春夫妻的浪漫
也有别扭吵闹一辈子至死也不分手的伴侣
有和事佬有离异出走有老死也不相往来的
世仇宿敌，也有世间的悲剧喜剧话剧哑剧

溪水往低处奔流不息
带走两岸的风景风俗
低下头，看一粒小小石子溅起的
圈圈涟漪，触动了在河边静静地站立着
眉黛含春情窦初开的村姑的心
她满腹的心事随河水流着
影子投在河面，惊动了那河心的水草
水草犹如她的闺蜜亭亭玉立的娇躯颤抖

低下头，一脸的娇羞
风儿捧起她嫩嫩的脸

一双毛眼眼含情脉脉
不舍的依依，瞬间的
就让这低下的头湿润
天空因之而风情氤氲

低下，原是一种谦卑
低下，而是一种内敛
低下，又是一种支撑
低下，就是一种坚定
低下，还是一种蓄势
低下，乃是一种深刻
低下，也是一种朴素
低下，也是一种叙述
低下，真是一种高尚
低下，定是一种风范
低下，才是一种飞翔
低下，方是一种境界
低下，是我坚持修炼的瑜伽
低下，是我弥足珍贵的藏品
我言语低低，习惯方言土语
我姿态低低，心知天外有天
我低下身段，三人行必有我师
我低头审视，一日要三省吾身
一轮明月阴晴圆缺低头思故乡
一曲民间小调浅唱低吟柳丝下
头顶着天空的火烧云美妙绝伦
几串红辣椒挂在低垂的屋檐下

日子低首不显山露水被白天黑夜热爱
时光回眸忆念曾经的初恋真是刻骨铭心
向谷子学习，低下头，站在秋天的原野上
和村庄一起后退着生活。火焰低下火头，灶膛里
母亲从山上步履蹒跚背回的木柴，已是袅袅炊烟

热爱泥土（外二首）

成　亮

是什么叩响我的门

叩着我的心

我的泥土

睿智的石头一样在沉思默想

站在我的面前

博大而精深

包容着金银和尸骨

我手中的镰刀

被成熟的庄稼宰割得

锈迹斑斑

响尾蛇轻轻游过

它的色彩拍打着我的灵魂

我的躯壳

在你的怀里渐渐萎缩

而你却真正地顶天立地

我的生命

何时漂泊成一粒

透明的浮尘

忧郁地闪烁着点点磷光

哦

我多想落下来

做一粒朴素的泥土

你倾听阳光的歌唱时

那么安详

你的伟大就在于你的真诚

你的一举一动

都让我感慨不已

站在你的肩头

是多么安全又多么踏实

我把自己想象成一条蚯蚓

深入你

与你相濡以沫

一种美似农业的声音

发自我的体内

我知道我毕竟是农民的儿子

山峦浪潮一样向你涌来

你不动声色

泥土，我艰苦卓著与民同乐的王

我多灾多难的先哲

你将以什么样的语气命令我

去精心制作一尊雕塑

出租车女司机

她背影依然有庄稼的模样

她说她离了婚

她说她离婚是因为她男人有了其他女人

她说他不愿意离婚
但她态度坚决
她说离婚后她把房子和家产给了那对狗男女
她只带了女儿出来
她说她要等他结婚后再结婚
她说她怕那女人骗了他
她说她现在要多挣些钱
因为女儿快要上大学了
我下车
她说　您慢走

麦　苗

这个深秋的田野上
只有麦苗是绿色的
我坐在麦田旁边享受温暖的秋阳
也是在这个时刻
我想到去年的一些事情
许多民工在不远处的麦田里打机井
他们生活单调
除了上脚手架就是喝酒
一盘油炸花生米
就是他们最好的下酒菜
用筷子启瓶盖
用手抓花生米
还说一些粗粝的话
其中一个赤裸的胳膊上文了爱人的名字

还有伤痕

这让我想到他忧心的妻子

以及一场可怕的事故

现在，我写一首诗给他们

是因为

田里的麦苗比去年更绿了一些

石板坡，某种力的交响（组诗）

石 围

摇篮曲

乐章从一面山坡开始
从一九六二年的深秋开始

哦，是从一间破庙和几张泥桌开始
从一个乡村教师和百十个山里娃开始
从黄土高坡开始，从风沙开始
从忧虑开始，从梦想开始
这些还不够吗
那么，也是从一颗泥土中搏动的心脏开始

让弦乐横跨五十个年头
那时候孩子们还饿着，饥渴的头脑大张着嘴巴
老教书匠那时候还年轻
一介书生，一把锄头，一群毛孩
踩着山风把大山挪开
把丝丝华发种植成百亩林场

左云。北纬三十九度
石板坡。山斜十八度
就是在这被造物主遗忘的千亩荒坡上

他们把魔鬼之首削平

沟壑变成平川，石头筑起广厦

山风，兽迹，暴风，酷暑

变成了今天的琅琅书声

四十三万方土

如果一米一米地筑成道路

能从这小小的县城铺到北京

你们忘记了那苦寒的岁月了吗

是谁在林荫道上来回，微笑而且流泪

踏着地底深处的阵痛与啼哭

时间深处，大山坐着眺望

看他们把大地扛在肩上

看他们把火焰种植在心脏

看他们把冬雪和着窝头嚼碎

用善良的牙齿啃咬饥饿的骨骼

看他们烧砖，制瓦，开荒，种地

看那些犁铧与车窗上龟裂的手掌

是怎样地

预约了这多情的金秋

园丁曲

是从忧虑的眼睛里迸出的一个字

是从潮湿的嘴角轻轻吐出的一个字

一个说了五十年没有说出来

却做出来的一个字
——"家"

我们总是在出发
但我们找到自己的家了吗？
我问那白发苍苍、面容憔悴的老人
你是谁，你的家在哪里？
老人指指山洼
我问那行色匆匆、身心疲惫的旅人
你是谁，你的家在哪里
旅人摇头不语
我问那腆着脸儿的少年
那么，你的家在哪里
少年指着自己的胸口
"它在这里，可是这里漆黑一片
我不知道从哪里来，要到哪里去
可是，我空
我的家是空的"

空空的心灵，在几十年的贫困岁月里
和那些空空的窑洞
一起空着

有一天，这里走来一位消瘦的书生
他来自很远的地方
他背着重重的行囊
他在石板坡坐下来，啃着干粮

——就是这里了。他沉默，微笑

不错，用一生建一个家

一个让那些睁眼瞎懂得什么是"家园"的家

一个让独行的旅人不再迷惘的家

一个用知识的血液浇灌未来的家

在这里耕种，育苗，让他们长大

让他们在神州大地的每一个角落开花

他经历过怀疑、责难和风暴

但仍然固守着自己的傻

他与时间搏斗

从中年到老年，从醒来到夜晚

他忘了数落自己的年岁

却在另一个静静的春天发现

这一生种植的

足以安慰他逝去的年华

咏叹调

只有这样的人才值得歌唱

一颗石子，或者是一个宇宙

或是一匹马

一匹选择了在浪涛中怒驰的马

他是石板坡之子，或是其父

一个教师，工人，农民，企业家和校长

一个有血有肉的地球人，和你我一样

但他不同于你我

或者，他包含着我们

如何去描述他，如何与他无形的灵魂坐在一起
我们必须像马铃薯一样，把果实结在地下
必须像一块砖，在烈火中烧融成型
必须和大山融为一体，有时静穆，有时爆发
这样，我们完成了自己
完成自己之后再去寻找他

他像一个声调，跳跃在唐诗宋词的平仄之间
他像一缕清风，飘荡在孩子们张着的耳边
他在汽车队荡起的粉尘之中
他在印刷车间的齿轮间转动
他在讲台，在农场，在实验室，图书馆……

每在夜晚，当我面对星空，总是禁不住猜想
在无限的宇宙中我们并不孤单
在有限的生命里我们并不迷惘
既然有一些人离太阳更近
我们的心灵就总有些什么在照亮

民 工

吴 涛

在十九层的楼顶装完最后一盏
彩灯
民工就释负地爬下来
轻盈得像脚手架上滑落的一片
叶子
在今秋，在九月三十日的黄昏
他将被风吹开
甚至来不及回一下头
背后已经灯火辉煌啦：彩色气球
鲜花、巨幅标语、灯盏
还有威仪的礼炮
说明这座城市最富丽的酒店
明天就要隆重开业
民工两年的生活：汗水、瞌睡
想法、笑话
慢慢垒砌进水泥、钢筋……
现在，他就要离去
每每在废墟上建造一座楼宇
他就会离开，这是规律他知道
这用不着悲伤
他也知道这座酒店今后进不去了
这也是规律

但他的眼睛还是湿了
走着走着，他突然脆脆地打了声呼哨
就像秋风响响地吹着落叶

秋风远（外二首）

陈小素

夜晚，你在异乡的一座小公园里和她交谈
身后的楼群隐入星群　你的身影轻薄
来自异域的口音在风中飘散

被沙砾荡涤过的瞳仁留不住一个飘过的眼神
风中的少年
是谁抖落的汗水正溅起草叶上的珍珠
电话里那鹧鸪一样的声音正带着甜蜜的芒刺
把夜空填满，堵上他的喉结

身边的石头上一根长青藤垂下它殷红的藤蔓
一簇衰老的菊低下它的头颅
风中的少年
是谁的忧伤正漫过那战栗的语气
成为风中飘过的粉尘

一天中金子一样的时分
一缕温情在夜色里睁开它的眼
那些粉尘里的香，楼群寂静的呓语
都宛若春暖花开，风中的少年
是谁安慰了虚假的时间与真相
是蜜语里的风暴？那根白纱裹起的手指

还是青春，与青春的血

废木场

某镇的一个站台口
越过那些堆积的木垛
我看到了他们
太阳下裸露着膀子 落满木屑和粉尘
一个人把一根木头扛在肩上 另一个
将木桩的一头推向旋转的轮子……
谁写过的？一群劳作者
一个似乎不适宜 却在这些调侃的口哨里
出现 且久久不曾离去的人
那些腾起的尘雾里 我看见他们的早餐
搪瓷杯里的白菜和馒头 玻璃瓶子里的水
咀嚼时发出的响动
笑声里送过来的几句荤段子
我先被一首诗征服 现在
又迷恋着它描述过的场景
那些植物的气息 被遗弃的叶、弥散了的油脂
正被另一些词所代替：机械、劳累
一群简单的快乐者
以及将从这些腐朽中提升的一切……
一个早晨 我困惑 寻找
心怀感动
在废木场 一个女人的对面和背面
那近似于原始的慢 使人迷茫的快

我更倾心于哪一个
当他们俯身　吆喝着
当身边潮涌般的汽车呼啸而过

羊 客

夜幕降临时
鞭子喑哑，马灯昏暗
他们和羊群一起睡在村外的田地上

寒露打湿的棉絮，飘曳着的命运之花
那呓语里的乡愁在夜空下密如繁星
这些流浪者，　一只脚带着故乡的尘埃
一只脚走遍"贫穷的山河"

他们过千村不宿檐下
在那些贫瘠之地做微薄的富庶之梦
天亮时又被风吹着
在远方，山峦，在那云朵之上

在新庄谈美

宋耀珍

一

诗人啊！你该谨慎地使用比喻
它经常在你向一些事物
深入的途中，砌起一堵墙
或把你引向其他一些在某一方面
有着相似天性的事物。美不是
海面雪白的浪花的翻动
美是这翻动和使之翻动的力量的结合
像我现在看到的田野
它广阔而不长一物
但来年的春天，夏天，它将被
大片的绿色植物覆盖
由此，我看见了美

二

在我久久的凝视中
一些形象闪过，一些形象清晰
有许多事物注定要消失
在废墟上，建立起新的
比如这变成了院落的苹果园
需要记忆才能重新闻到果香

但香气中，已经隐藏了
更多的东西，促使我思考
和苦恼。如果我在这隆冬的夜色中
在曲折的巷道里缓缓穿行
能够找到时光流过的痕迹
找到喂养此地灵魂的
另外的水源，另外的粮食
由此，我就找到了美

三

在阳光照耀的街角
节日到来，孩子们不知道
父辈满腹的心事，小姑娘
打扮成笨重的花朵
使乡村生动。它们代表着未来
它们把节日紧紧拥在怀中
让一张张风扑打的粗糙的脸
或干裂或厚实的嘴唇启动
忆起一些经历，一些经验
这是比喻不具备的能力，是
美唤起的，比事物本身
更有力的东西，不在此时，而在彼时

四

这里就是我，走过十年

模糊的愿望逐渐明朗

我试图学习伟大的诗人

努力阅读与思考，拨开遮蔽

在心灵上的浓雾，用准确的

语言表达生命的美，用一些形象

描绘出内心的风景

我不断地触及那些永恒的事物

以及它们的概念，把它们

推远至天空的星辰，又拉近

到生活，和琐碎的事物

结合。把一枝玫瑰

插在日常生活的花瓶中

五

想想看：我无法改变的重浊的乡音

在朗读诗篇时，不断地响起

我的思考，冲动和言说

经久地受到鼓舞

时髦的田园诗人笔下的乡村

仅是一堆凌乱的意象

我能看到，一粒种子精致的结构

一片叶子上，永远向上的

纹路，它们构成我的吐音方式

在任何时间任何地点

显示出旺盛的美

六

我更清晰地看到的
是根。在翻地或建筑房屋
掘地基时，常常被挖出
抛掷在空地上，裸露的根
它们很少有枝干样笔直的
它们弯曲，可以看出
延伸时的艰难，黑暗的泥土下
的鏖战。在转折的点上
凝结成骨节，诉说着失败
我隐隐听见此处的叹息
它们由此而改变方向，这样的图案
也在我的灵魂中发生
它抹去一切生存的区别
让我透过四季的无数次更迭和劳作
看到了遏制不住的美

煤块上的镌刻

赵文杰

在煤块上刻一艘船

让您乘着激越的风

在百里煤海驰骋鏖战

在煤块上刻一把利剑

让您挥舞着它

铲除"三违"、"漏洞"、"隐患"

在煤块上刻一本书

让您在幽深的巷道里

用智慧打造现代化的矿山

在煤块上刻一句话

让您时刻牢记岗标、规程

用脚踏实地八小时兑现您上岗前的誓言

在煤块上刻一段感言

让"想不到就是失职,做不到就是犯罪"的警示

清晰地烙刻在心间

在煤块上刻一朵玫瑰

让您吸吮着缕缕幽香

回味妻子的叮咛与期盼

在煤块上刻下一双眼睛

让您回望白发苍苍的亲娘

凝眸村头那双望眼欲穿的双眼

在煤块上刻一幅画

画屏上的矿山和谐、富足、团结、平安

那是我们永远共同的家园

在煤块上刻一份祝福

我们一起扛起使命与责任的旗帜

让"豹子沟煤业"的明天更加辉煌灿烂

劳动（组诗）

王寒星

秋　收

颗粒归仓，似乎只是一个有时代特征的词汇
但我清楚地记得，你粗硬的指甲抠着土地
雨后，大地被你抠得坑坑洼洼，而散落的粮食
小麦、豆子、玉茭甚至一粒高粱
在你手心被反复摩挲
不知道饥饿，是不成熟的
知道饥饿就更要懂得珍惜，祖父
一个农民对肚子的认识上升为深奥的哲学

这片土地，养活了很多人也饿死了很多人
面对土地，祖父你总是显得神态庄严
忠诚于它，是你一辈子不变的宿命
脚板，如额头厚实的叩问响彻一生

夏收麦子秋收粮，你虬曲的青筋像蛇
盘绕在胳膊上，也盘绕在大地上
尖尖的麦芒之下有太多的喜悦
有对每一个来年无限的指望
无论产量高低，祖父
你都虔诚地躬下身子，镰刀锋锐

映照了一滴汗水落向大地的过程

你将那块开荒出来的玉茭地细细打理

村头的土坡，长满秋天红红的酸枣

庄稼一望无边，生活天高云淡

踩在老槐树上，祖父的钩子

从我手中吊走一串串的玉茭

年复一年，我仰望的脖颈酸疼的记忆里

永远挂着黄黄的被风干的粮食

西院有钱的医生，儿女成才

矮墙的这边，我因羡慕陷入沉思

一晃经年，再晃成年

浆白的时光从指间流过

而祖父你的那些夏秋别有风味

牧　童

十三岁，你挥着羊鞭握着铲棍

太矮小了，甚至不及羊的屁股

跟在后边，羊群已然将你当作自己的同伴

祖父，从高平上来你便成为小小的羊倌

在屯留这片号称米粮之川的土地上

和青草野狼打着交道

我听见噼噼啪啪的鞭声响彻山谷

你童声未变的竭力吆喝

都是为了东家那年底的半袋小米
冬去春来，你跟着"把撅"在山上混
他打羊的鞭子时不时抽在你的身上
你不以为耻反以为荣
你说：挨了老人的打，就能记得深些

哪里来的这粗浅道理
硬是成为你生活的哲学，固执而天真
除了粗暴，你不知道该用什么面对子孙
黄土地上，你站成一根宁折不弯的粗粝毛竹
就像高尔基的外祖父，那个倔强的老头
拳头和眉头一样，始终攥在一起

你清楚记得老爷山的战况
还未成年，但早已习惯激烈的枪炮声
你是一个穷苦的放羊汉
那遍山的尸骨让你唏嘘不已

日月星辰，你看惯了无数的时光交替
深夜的狼嚎，曾激起你年轻的斗志
一柄铲棍，硬是将那只被叼走的小羊追了回来
碰到你，那头气喘吁吁的倒霉的狼
只能无奈拐入旁边的草丛

祖父，多年的牧羊经历
练就了你过硬的身板
风寒暑热百毒不侵，偶尔

只是偶尔的小病，便会让人担心不已
清癯瘦朗黑红色的脸庞，每个傍晚
映照那条洒满咩咩声的夕阳归路

炭　焦

像一粒黪黑的炭焦，祖父
点缀在寒风凛冽的雪地里
挎一个藤条箩筐，你的双手不停地捡拾
脚下的煤灰坡，有多少还能重新燃烧的希望
就有多少你冬日不灭的热情

你蜷缩着身子，保持温度和寒冷抗衡
无数次我看见你的清涕滴下来
瞬间变作小小的坚冰，而团团呵气
是那些年挥之不去的凄凄风景
远远望着你日渐衰老却依然蹲着捡炭焦的背影
那些年，我一次次陷入沉思
冬天，变得沉重又漫长

贫穷像一张无形而巨大的网
结在祖父的眉间，祖母的心间
也结在我灰白压抑的童年记忆中
是的，那些年冬天很冷
冷到我甚至能记住每一粒炭焦的模样

祖父，你冬天的营生还让即将出嫁的三姑感到难堪

你应该知道，自卑是年轻人最大的障碍
但你只是笑笑，生活重于面子又是你淳朴的哲学
如今村头煤灰坡上那一个个冬天
再也不见你伛偻而专注的身影

三等奖作品

劳动谣（组诗）

聂迟贵

锄 头

锄掉过多少株杂草
呵护了多少株禾苗
民间说：锄头上有水
锄一遍田垄
土地就湿润一回
禾苗就拔节一寸
锄红一轮轮太阳
锄艳一抹抹晚霞
锄绿一春春原野
锄亮一秋秋丰收
如今锄头被遗忘一角
锈迹着往日的回忆
孩子问：什么是锄头
我说：锄头是一件农具
就是锄禾日当午的那个锄
田野像电脑的界面
锄头就是你手里那个鼠标

草　帽

母亲用麦秸编的草帽
编进我温暖芬芳的童年
金色的草帽
散发着清清的麦香
散发着淡淡的太阳香
散发着母亲醉心的气息
弯腰锄禾
收割庄稼
树下纳凉
挑担起路
草帽像一朵祥云
一路照耀
一路相随
一路洒满母亲的祝福

春天的鞭子

春天的鞭子
柔软而坚劲
温暖而料峭
鞭声一响
羊群白雪般的滚动
就被赶回了冬日的山洼

春天的鞭子

惊蛰雷鸣

抽落树木的漠然

打醒僵冷的石头

春天的鞭子

赶着风　　赶着云

赶着花　　赶着草

赶着红　　赶着绿

赶着孩子般欢腾的浪花

赶着桃杏枝头的春意

赶得房前屋后田畴原野

处处花雨满眼彩雾

春天的牧鞭下

谁也无法拒绝欣欣向荣

劳作之歌（外一首）

闫文盛

我从未经历的我不会错失
我此刻明白：我们的劳作只为自己变得更加欢乐
有时我想到我置身其中的田园和祖国
或许，更多时候我更应该想到其他
像其他人一样，置身于那最从容的和最急迫的
开垦和种植
像其他人一样，以最良善之心鄙视自己的卑微和匆促

多少年了，我从未止歇
那最优良的土地上长出我们的人群：他们优雅地歌唱着
　　赞美诗
可我时或检索，深觉生命之蹉跎
可我始终不忍加罪于那最恬适的生活
我此刻最该明白：我们的劳作只为自己变得更加欢乐
你一定看到过：我时时念想的内心日出
那最明亮的部分，便是我时时念想的遥远村落

我从未经历的我不会错失
这些年，我深耕细作，埋首于垄亩之间
你一定记得，一定心怀法术，如果那更高的规则一旦成
　　为可能
如果那时光可以供给我们爱、温暖和情感，我便怀疑一

切疏失

我从未经历的或许并不存在

在一些丰收之年，树木的果实挂在枝头，相比于虚幻之梦

它更加真实。实物更加诚恳。这些年我埋首于垄亩歌唱

永恒

你一定记得：在失眠之夜，只有存在感更趋近于虚无之重

在所有的无所凭借之地，只有劳作使我们相互逼近，拥有

那最苍老的会变得坚实，消除忧愁

多少年了，我从未止歇

那最无私的人群带动我们，种植我们

多少年了，我也一直在悄然用力，把自己安插在这里

我想使自己变轻或变重，去除虚无之症

多少年了，是劳作使我与昔日告别，与大地和万物等同

开 凿

我们活着就奔波不止

奔波不止如孤鹰。我们活着就开山伐路

我们活着就永无止歇，凿壁借光，做一个勤苦人

我们活着就有无限心事

那些年，我们常常谈论未来，夸大其词，如伟人般自诩

自负而刻苦。天将降大任于斯人，任其筋骨劳顿

天将降大任于斯人，脚步捷快如飞箭

人间流水如瀑

那些年，我们闻鸡而起舞

我们活着就必须做个勤苦人

在我们所思所念之处，皆是勤苦人

这个星球的一切已经被大幅度改变
人群在密密麻麻的时间中跋涉如夸父
徒步而疾走
那穿越时空的一切元素在渐渐积累，扬弃而不存
那新与旧，今与古皆如所求
皆不如所求
我们在振奋中开凿山路，填平沟壑，领风气之先
在庄严肃穆的新世纪做个有心人
一切皆不空洞
在开凿之中，那岁月被充实，弥补。在开凿之中
我们如此勤苦而振奋：我们皆如夸父

城市和乡村（组诗）

张 琳

早晨，收到一件快递

开门
看见面有笑容的快递员
仿佛葱郁的橄榄枝
伸进早晨的光线中

每一天，都值得我心怀感恩
就像光线送来了温暖与明亮
就像花园送来了春天与芬芳

我从年轻的快递员手中接过
来自远方的问候
包裹里的书
等着我在阳台上慢慢打开

我想阅读的
每一页
都仿佛来自心灵的快递
而时光，是最勤快朴实的快递员

天使在马路上

秋天有无限的美让你凝视
就在此刻，我特别注意了这些
在马路上天使一样走动的清洁工人
——几位戴口罩的中年妇女
弯腰拾起生活的碎片
我看不见她们眼睛里闪烁的星光
隔着城市的栅栏
我只看见她们在秋天的光线中
仿佛缓缓移动的另一片光影
我只知道，我的眼睛里闪烁着
温润的光芒
仿佛天使带来了高处的星光

在乡村

在乡村，河流是弯的
炊烟是弯的
阡陌田间的小路是弯的

在乡村，锄禾与割麦子的腰身
是弯的，捡土豆的双手
是弯的，谷穗
和结满苹果的枝头
是弯的

在乡村，我的赞美
也是弯的
仿佛一座山峰
在村庄的不远处
弓起了腰

教师节的礼物

每年的教师节，我都会收到
学生的祝福
今年也不例外
当我小心翼翼地将一幅画挂在墙上
——一支蜡烛开始在画面中燃烧
没有什么是不会燃烧的
包括祝福

清晨跳舞的店员

早上路过那家时常光临的化妆品店
一群店员正在门前的空地上
愉快地跳舞
这让我想起
不久前的一场初雪
轻盈的雪花
飞动着
在空中，在视线中，在心中
我默默记住了
这两首诗

怀念故乡（组诗）

王立世

故乡之一

看到一地的油菜花
就想起白云深处的故乡

想起白云深处的故乡
就忘了身上百衲衣似的伤疤

忘了身上百衲衣似的伤疤
也就忘了世态有多炎凉

把浮躁的心空出
让故乡的一只蝴蝶飞入

故乡之二

走到哪里
我都背着我的故乡
再疲惫
我也不敢放下
放下，我怕摔疼
我怕故乡的皮肤

被异乡的棱角擦破

早年，我是故乡的孩子

故乡天天把我背在背上

而今，故乡变成我的孩子

我把故乡天天背在身上

镰　刀

大多数日子

被寂寞地挂在墙上

内心很纠结

和墙较劲

和墙上的那枚钉子较劲

和墙上的自己较劲

和墙下的别人较劲

和落上尘埃的时光较劲

像一件多余的农具

被春天遗忘

禁不住怀想秋天

被农人挥舞时

一片片金黄的谷黍

倒在自己的锋芒下

被大车拉走的情景

卖水果的新邻

李 霖

一

本来并不宁静的小巷
来了家卖水果的小贩
坐在我的屋里静静地看书
总有一个沙哑的声音在喊叫
这声音很特别
在眼球还未接触他的身影时
声音早已污染着我的耳膜
这男子似乎天生就不会好好说话
只要睁开眼睛　就是他
哇哇叫喊的开始
和妻子讲话　对着手机以及跟客户
他总是不厌其烦地嚷嚷
唉，也难怪　再好的嗓子
有这么一个不爱惜的主人
不沙哑才怪呢

二

沙哑的声音刺激着耳膜
我强迫自己"莫管他人，认真读书"
六六的小说向来是我的最爱

而我总是不由自主地
从《蜗居》中挪开目光
投向马路对面的新邻
他们居住在盖起不到五天的新房
为了风干房屋还没安装玻璃门窗
听说这个不足二十平方米的小屋
租金竟花了一万六千五
为的是抢占地势
抓住中秋前的商机
并不宽敞的马路和过道
像他家炕头
摆放着各类水果
这年头，谁站在马路
谁就是马路的主人
经过的汽车喇叭像骂大街的
发出刺耳的尖叫
马路上挤满了装车、卸车的车辆
芒果　猕猴桃　大枣　火龙果
各色花里胡哨的果箱
从大汽车一摞摞地
搬到小汽车、三轮车、自行车
再运到全市的各个水果摊位
他们忙碌的身影总在我眼前晃动
渐渐我已习惯了他的喊叫
偶尔听不到这声音　还有些奇怪
终于男人佝偻着　把他
疲惫瘦削的身体

放在我诊所的检查床上
高烧让他说不出一句话

三

这雨不停地下着　整整一天
我看到他们为水果箱搭起了帐篷
塑料布把果箱包裹得像怀里的婴儿
却把自己泡在水里
夜幕低垂　雨丝如麻
简易的帐篷支张简易的床
这便是生存的家
女人的鼾声在潮湿的空气中飘荡
九岁的儿子偶尔会发出会心的笑声
没有窗户没有门的房间
放着一张小桌
电饭锅里的大米和一碟榨菜
从中午吃到晚上
凌晨四点　从车站接货的男人
喘着粗气　推着满满的三轮车
像士兵缴获的装甲
于是　女人和儿子再把
一箱箱水果搬回家
男人鼓着紫茄子皮的脸说
今年的十五我们可大挣一把
不知为什么
每每看到他们

我便会潸然泪下

晚上生活
在狭窄的小屋里陪老婆炒菜
和老妈打电话
深夜
身体仍被吊在半空

老矿工（小叙事诗）

杨海滨

岳父走了
再过几天就是五七祭日
老人们说天增一岁地加一岁
怀抱着那相继远去　逐渐清晰的九十载岁月

从去世到出殡的几天里
天气不冷不热　假期正好结束
纷乱的人群中透露着几分平静和从容
为他从不愿烦劳别人写下最后注脚

他是一名老矿工
十八岁来到矿上就再也没有回去
在井下一线干到退休
最后在脚下的山后
永久地守护一生的精神支柱
他是出名的老实人
一辈子逆来顺受谨小慎微
"从不与人争长短　从未与人红过脸"
乡邻们的看法被写进祭文

他不善言谈
就像巷道里的永久支护体一样

常常让人忽视他的存在

以至于最先丧失了言语功能

他甚至有些木讷

工资一分不留全部上交

哪怕一分钱的花销也会伸手再要

他有些孤独

大半时间穿行在自己精神的巷道里

家里的大事小情从不发表意见

成为孩子们身边最熟悉的"局外人"

他只做了一件事

上班时独自挣钱养家糊口

退休后打零工　种地　拾荒贴补家用

守住矿山守住儿女也守住了一生的牵挂

他节俭一生

同矿山的第一代创业者们一样

年轻时条件艰苦　条件好转时已习惯清贫

临别时的脸庞一如年少时清瘦

他是亲历和见证者

从土窑排房到楼房　从人工炮采到综掘

从养育五个子女成家立业到扎根矿山

直到小儿子添丁进口后记忆开始选择性地退休

他放手了

子贤女孝　事业有成　家庭和睦　儿孙满堂

卧床几年来子女轮番跪乳反哺直至生命的最后时光

岳母说："他付出的都回报了"
他放不下
多少次生病住院　多少次手术抢救
总以为耗尽了全部的精力
离别时弥留的眼神　拽得儿女们撕心裂肺

站着是棵树　躺下是座山
尽管早已习惯了他的沉默
但传承式的告别压得人喘不过气来
雨丝凌乱着思绪
试图用简单的深刻诠释一个老矿工平凡而丰满的一生
耳畔却回响起一句对话：
"回老家吧？"　"没有钱"

生命礼赞
—— 献给王家岭3.28矿难的兄弟们

徐文颖

总在默默地祈盼
黑漆漆的生命之门
打开　打开　再次打开

总在默默地诅咒
黑乎乎的魔水
消失　消失　快速消失

总在静静地祈祷
与时间拼搏赛跑
必争　必争　分秒必争

多少个不眠之夜
当睡意漫过脑际
那153个生命在黑暗中
求生的一幕幕
幻化成利刃
撕扯着心好痛　好痛
心随不宁
双手合十

为生命祈福
恍然顿悟
万物同一体
生命同一体
心早已穿越时空
和153个生命在一起
一同坚守
一同期待
一同跳动

没有任何时候比这样的等待
煎熬
没有任何语言描述此时的心情
焦虑
没有任何理由拒绝此时的关注
重要

叩问生命
你在哪里　你在哪里
黑暗穿越了时空
我们听到了　我们听到了
比天籁更纯粹的声音
这声音摄魂动魄
这声音震撼心灵
这声音欢欣鼓舞

当黑暗中的坚守

唤醒了神灵

当救护的信念

不放弃　不抛弃

感动了上帝

一个个鲜活的生命

撞开了地狱之门

向我们走来

向我们见证了生命的奇迹

向我们展现了生命的华美

向我们彰显了救援的大无畏

向我们抒写了以人为本的和谐

向我们昭示了祖国的强大与壮美

向我们发出了珍爱生命的邀请

为生命喝彩

生命面前不分高低贵贱

我们只是生命中的一粒尘埃

随时会随风而逝

尊重生命

敬畏生命

崇尚生命

感天动地

我愿为生命下跪

追梦人的独白

冯艳丽

夜空中最亮的星
你是否记得
那曾仰望你的人
每当我迷失在黑夜里
你总是指引我方向

夜空中最亮的星
你是否记得
那曾向你倾诉的人
每当我孤独和叹息时
你总是倾听我对你诉说衷肠

夜空中最亮的星
你是否记得
那曾追逐你影子的人
每当我找不到存在的意义时
你总是给我继续追梦的勇气

夜空中最亮的星
你是否感觉到
现在的我已不再迷失
时光已泯灭我昔日的彷徨

即使在地下数百米黑暗的世界里
我也会鼓足勇气在追梦的路上前行

夜空中最亮的星
你是否感觉到
现在的我已不再向你倾诉
综掘机压风机已成为我新的知己
即使在地下数百米嘈杂的掘进面
我也会在追梦的路上高歌

夜空中最亮的星
你是否感觉到
现在的我已不再追逐你的影子
即使在地下数百米尘土飞扬的巷道
我也会在追梦的路上披荆斩棘

夜空中最亮的星
你是否在意我对你的置若罔闻
你是否感觉到
我正在大地深处创造着奇迹

夜空中最亮的星
你一定不会知道
在这里我并不孤独
我和我的兄弟们正站在黑白的舞台上
演绎着追梦路上最精彩的剧集

夜空中最亮的星
你一定不会知道
我现在所做的一切是何等自豪
那一刻是万家灯火
那一刻是春回大地

夜空中最亮的星
你更不会知道
在黎都大地下数百米的地方
同样有一片我们创造的星空
那是我们追梦路上不灭的灯塔

夜空中最亮的星
你一定听得见
我在地下数百米对你隔空的呐喊
梦想已成为我前进唯一的理由

夜空中最亮的星
我要你知道
这一刻
我不再迷失
梦想的轮廓已在我脑海渐渐清晰

夜空中最亮的星
我要你看见
在追梦的路上我们不畏艰难
我要你听见

在追梦的路上我们高唱凯歌
我要你知道
从地上穿越到地下
梦想就在我们前方

夜空中最亮的星
你在我心中依然美丽
但是在数百米深的黎都大地下
追逐梦想的我们才是最美

劳动者咏唱（二首）

荫丽娟

拓荒者

为着运送一个春天
为着运送一树树红粉和漫坡的绿
你与许多拓荒者一起走进大山

心中的图景在春雨中细密地生长，铺展
黝黑的面庞是山赐予
荆棘，杂草，裸露的黄土坡深陷在你眼眶
冷风扯开衣襟，胸中却盛着那一汪清泉水
你把一座山的风景和生活的担子
艰难扛起。每向上攀援一步
表情都是那样的凝重与执拗

当人们行走在樱花的海洋，绿色山间
你们弯曲的身影已然凝固在时光的胶片里
凝固在装扮玉泉山的每一个晨曦和余晖中

汾河景区建设者

多少次我走在家乡的汾河岸边
聆听母亲河轻柔的呼吸声

感动于葱郁的花木、喜鹊和袅袅炊烟
四十里靓丽的汾河景区
绵延着几千年生生不息劳作的快乐
积蓄了多少建设者的心血，爱的呼唤

一处景点打开了一幅城市美图
一座虹桥谱写出一段创造的奇幻
多少人的梦想在流淌汇集蔓延

整个城市因你们而生动
四季因你们而浪漫；在这崭新的光景里
我一边劳作，一边动情地咏唱，礼赞

蓝色国税梦

李　涓

喜爱这片蓝色
穿上这身税服
加入这蓝色方阵
便留下了身后的步履匆匆

头顶庄严国徽
使命牢记心中
为共和国血脉的通畅
国税人一路风雨兼程

实现中华民族伟大复兴
寄托着近百年中国人的热切憧憬
启航中国梦
怎能少了这湛蓝色的风景

依法组织收入
坚持应收尽收
一分一厘
涓滴汇聚税收发展民生

落实税收政策
服务经济社会

随时代脉搏的律动
汾河两岸响彻科学发展的歌声

优化纳税服务
共建和谐税收
迎着纳税人的期盼
三晋大地吹来便民办税缕缕春风

为国聚财为民收税
任重道远砥砺奋进
和着实现税收现代化的节拍
税收助力中国梦

就是那一个个精准的数字
就是那一份份规整的税票
就是那一次次温暖的服务
诠释着曾经的誓言铮铮

还有
只为心中那不灭的激情
履职尽责敢于担当
为着梦想我们一路前行

搬运生活的手 (外一首)

徐占新

黄白相间的脸
乌黑眼珠，短寸头发
淡红的唇，刮得光溜溜的下巴的
是我面前一个精力充沛的
搬运工

在西街货运站
搬运工小丁
穿着一件深蓝色的工作服
面带微笑地搬运着
从一辆货车卸下的木箱
上小学时
他的理想是成为科学家
上中学后
他想成为一名歌手

我曾问他为什么总是面带微笑
他向我举起了他的手
摘掉黄色的帆布手套后
他说，请看
现在，这不是一双舞文弄墨的手
也不是一双弹琴击鼓的手

注定不会是一双抛千金博一笑的手
永远也不会是一双投敌卖国的手
现在，这只是一双
搬运生活的手

东方玉

因为高温、岁月和
无休止的压迫，你成为了
寂寞的石头；因为暴雨
狂风和一个美丽的梦
你成为了玉

在东方，你是窗前
温润的月光，是屋顶窈窕的
炊烟，是一路咆哮
而行的河流
是终生宁静淡泊的湖水

在东方，你的硬度
大于被愤怒控制了思想的
金属，你的韧性高于
被缤纷的色彩
蒙蔽了双眼的丝绸

山谷、河床，每一个
泥沙俱下之处

都是你修行的场所
你来自一条条狭窄的血管
诞生于颤动的脉搏

寒冷使你更加清澈
污浊也只是一层脆弱的遮挡
你是探路者手中的灯盏
是远行者心底的
永恒的家园

弧光背后（外一首）

孟昭莹

站在阳台向外望去
前方的建筑工地上
跳跃着一束电焊的弧光

弧光背后，应该是个青年或壮年的男人
可我看不到他
一束稍纵即逝的光芒
是他暂时存在的标志

我知道，与这弧光一起跳跃的
还有红外线、紫外线
烟雾、粉尘、电磁场
这些有毒的物质，正虎视眈眈
觊觎着一个专心焊接生活的人
我能够想象，他灼伤的皮肤
流泪的眼睛和他身上大大小小的漏洞

一定还有我想象不到的
比如，面罩下
他隐隐作痛的内伤

候鸟归来

我只说其中的一只
我接受它做我的邻居
在城市拐角处
搭起简易的窝

它婉转的鸣叫是快乐的
为觅食的步履搭配着轻松的节拍
我看它早出晚归
并没有衔回一枝柴火

三月，没有暖气的房间依然寒冷
残雪未融
风一吹
留白便从生活的缝隙钻入

这一夜
它究竟怎样取暖
我分明听到了甜蜜的呢喃

成为一名校园保安的岁月

宋彩文

36岁，我投笔从戎
做了保安

就像母亲
喊着我的乳名里的
军绿，我现在穿着制服

园丁变成校警，栽花变成除虫
我没有了假期
寒暑假我就是　校门

75公斤的身体是恒安一中
睁大的眼睛
和警铃

我在这个学校的不动产
是两个长约15米的不锈钢
伸缩门，和它们坚持的位置
我早早起床：6点20分
开门的号声就是开门的钥匙
等待四栋教学楼被脚步声
选择填空

之后，我用本科学历
接待来客和车辆
它们会在一页信笺上
获取
进入校园的许可

中午，11时55分
指使铃声把5300个学生从教学楼
搬到马路和小区去
需要一点点　训斥
和警觉的眼神

下午，14时20分
不对，我13时30分就站在
治安室门前了

我只有这样早，才能用掉
我的午休

我这样早，因为门外的学生
早就把拥挤，焦急的声音
隔着门扔过来了

我就像为农田放水
不敢耽误　播种

校园安全，是我站立的双脚

我的同伴还得照看

他单亲的孩子

我也得回家　煮饭

日子，就这样清贫没有

依靠

我也想过自己能不能给自己放假

做保安，看门

不是园丁的本职工作

就像奔跑在门轨上的轮子

岁月支起倾听的耳朵

听到时间不断破碎的

响声

远远而来

城市蜘蛛人（外一首）

赵计明

一根绳系着白云
我在蓝天荡秋千
那根绳是我所有的寄托
生命以及一切梦想
高高在上到飘离了红尘
安静到可以捕获天籁
穿过都市的灰霾
我依稀看见了村口的白杨
等那座沾满汗水的楼亮了
我咧开嘴对着鸟儿笑
扯破嗓子对风说话
惊奇和冷漠离我太低
鄙夷全在脚下
白天生存
在钢筋水泥的森林里飞翔

刮家工

只一把刮刀　上下翻飞
像攥着悲鸿的画笔　关公的偃月刀
每天
我尽情挥舞

林立的高楼

没有属于自己的坐标

我只是每天穿梭于此的过客

我只知道挥舞

挥舞

每一堵墙都可以映出

女儿嚼泡泡糖的脸

空旷的楼层是我的舞台

同伴的歪唱是唯一的伴奏

挥舞　挥舞

不容一个角落有不平和灰暗

挥舞　挥舞　舞出一个清白的世界

我的梦（外一首）

寇宗源

眼前的那片玉米地
是长在我身上的黄色植被
二十多年了，从孩童一路披到成人
我的童年就驻扎在那三亩玉米地里
那时，埋的是笑声和天真
随着日头一路向西

朔北的风卷着麦香
路过一道道田埂
还在那片给我血肉的玉米地里
如今，埋着沉默和汗水
爷爷蹒跚着步子，被一根玉米秆缠着
像是演绎一段历史
在我前朝的脑海中穿越而过

父亲锁着眉，流着汗
掰下那根硕大的玉米棒
眼睛从圆变瘪，最后眯成一条缝看着我
好像在无声地告诉我
这片只有玉米的天地里
藏着一个金黄金黄的梦想

劳动美

种子，土地上的一颗颗星辰
阆苑中的那道银河
比不上任何一颗种子的重量

总有一群人戴月荷锄归
黝黑的臂膀流下的汗泥
染黄了一个金色的秋天
一分钟可以喜欢好多个季节
但耕耘者真正爱的只有一个
在中国梦的摇篮里存在

老夫老妻

周永胜

结婚那天
你醉了
衣服没脱
水泥地当床
儿子出生那天
你是夜班
电话打到井下
你哭了
你说
我有劲了　气壮了
儿子下井那天
你急了
牵挂
由月亮变成太阳
退休那天
你沉默了
你说
我的巷道没有走完
我的掌子面和我的弟兄
还等我去照亮

你这个讨厌的老鬼

你说巷道要是洞房

谁知道谁是新郎

我知道

你就怕我的心走远

一辈子

安全就是我的红盖头

一辈子

你的巷道暖暖

谁让我是你的老伴啊

每天　每时　每刻

不管你愿意不愿意

我都在你背上

除 夕

韩焕妞

三百六十天在外拼命干
全是为了这一天
回家的路
再长也是短

熙熙攘攘的车站
焦急的心情在候车室里打转
重重的行囊
是老婆孩子的期盼

别看我穿得寒酸
别笑我灰头土脸
我的胸口
揣着全家一年的口粮钱

地里的庄稼
有了化肥的底垫
虎子的大学
也不用再愁今年

媳妇，城里人都叫亲爱的
俺给你买了块儿方头巾

回去一定亲自围在你颈间
戴上肯定比城里人好看

老娘，你的白发可又添
风中踮脚等待的姿势
久久定格在儿心间
俺给你置了双新棉鞋
穿上你老人家就能挺直腰杆

年迈的父亲啊
最让儿心疼是你的无言
八十岁了还在地里动弹
爬满皱纹的脸上
儿为你配了一根城里时兴的烟袋杆

去年被冰雪困了好几天
等在不见天的车站里
总在想工资咋就没领全
老板说怕我们一去不回头
开春儿回来才给补全款
那时心比冰雪还冷啊
盼回家的泪直往肚里咽

今年可是好啦
打了一年工一分没拖欠
天气虽然有点儿干
可太阳一直很温暖

歌声一路伴着我
今年咱一定过个春风得意的马年

再有十几个小时就是春晚
你们边包饺子边等我啊
我会如约出现在咱村口的岔道边
回家过年喽
回家过年

花开的季节
——献给劳动者的歌

牛国斌

花开的季节
有声、有色、有味还有形
这多种元素组合在一起的形态
只要用心慢慢地品读
心中的花
就会悄悄地绽开

花开有声
其实，这声音在胸腔里已积聚了许久
在工尺谱、简谱到五线谱的音阶里
每一个音符都紧紧地与十指相连
不曾间断了的车、铣、钳、磨
键盘上的弹奏
是定音鼓的节奏
把准了音高、音强、音调的旋律
从东工房到西工房的连线
揉进了太多太多情感
于是，这首哆来咪发嗦啦西的进行曲
在花开的季节
会久久地萦绕在每个人的心底

花开有色

其实，这色彩在脸上已酝酿了许久

从浅色、深色到彩色的过渡中

每一种颜色都密密地与十指相连

是来自五湖四海的集合体

在设计、论证、加工、组装的调色中

用多情的画笔蘸着炽热的血浆

把色差、线差、点差的颜色调和

从科研到分厂的成长过程

融入了太多太多牵挂

于是，这幅赤橙黄绿青蓝紫都有的画轴

在花开的季节

年年盛开在每个人的心里

花开有味

其实，这味道在手里翻炒了许久

从备料、选料到拌料的翻阅中

每一种味素的增减都默默用十指精准完成

在粗切、细研、淬火、过检的工序里

经历过战火历练的兵工人

用澎湃的热血润滑了每一片齿轮

这味甘、味淳、味鲜的大餐呀

从山的皱褶到三山五岳的传递中

注入了太多太多的真诚

于是，这盘色香味艺形养俱佳的菜肴

在花开的季节

常常要醉倒几亿人

花开有形
其实，这无形却有型的花呀
在每个人的心中都盘桓了许久
不管是方形、圆形还是立体形
每一种形状都由十指塑造
多少个春夏秋冬、多少个寒来暑往
在形变、味变、色变与声变的交替中
在花开的季节
在决定重大事项的殿堂里
镁光灯把一切都聚集成了永恒
这用多种元素组合在一起的花呀
久久地
开在了中国人的心里

井 下

马安富

在几百米的矿井下

宛如一个地下迷宫

巷道阡陌交错

纵横复杂

只有矿工头顶的矿灯

在黑暗中

闪动着星星点点的光华

在一个夏天

一个夜班的井下

一只飞蛾

追逐着矿灯的光亮

一圈圈飞啊飞

久久地

做着无谓的挣扎

我在想

你如何身陷绝境

你怎么来到这几百米深的井下

是搭错了运料的罐车

误入深井

还是追逐入井矿工的灯光

误入井下

你可知道

你飞不出这深深的矿井

你可知道

这里不是你的家

于是恻隐之心又起

将你轻轻地捧在手心

托下班升井的师傅

把你带回地面

带到月光下

那里花香弥漫

那里生机盎然

那里

才是你的家

城市的精灵

——献给建筑工人

桑小燕

在钢筋水泥中穿行
越过重重关隘
在有月或无月的天空
用一颗火热的心
把城市烫热
如果爱这个城市
就做这城市的精灵

做这城市的精灵
把森林的绿意牵进枯黄的街巷
满城的苍翠会消降人们的狂躁
把鸟的窝巢搬到陌生的楼和楼之间
自然清亮的鸣叫定会驱散一些隔阂
如果可能再引银河之水在城市内流淌
让那些相爱的人们在碧波荡漾间流连
多么美好啊
无处不在的精灵看着欢喜的城市

做这城市的精灵
倾听这城市的笑声
把这笑声在每个角落放置

做这城市的精灵
捕捉这城市的厚朴
把这厚朴悄悄装进每个市民的心中
做这城市的精灵
在这城市的智慧里增长智慧
在这城市的进步里不敢落后

这城市的精灵
她在日夜穿行

在供热的岗位上

刘国明

厂房外
寒风凛冽白雪皑皑
岂是一个"冷"字所能说得
在供热的岗位上
我的心却是热的
我忙碌于电厂风机、管道、仪表间
把脉着他们的体温、体况与健康与否
头脑中想象着一条热的巨龙
怎样把它擒获
奉献给我所热爱的矿山
让她在冬天里也能穿一件
随时展现自己婀娜身材的衣裙

矿山啊
一片美丽
"隆隆"驶来驶去的矿车
忙碌跳跃在白色世界里的人们
还有那山舞银蛇下的井口涵洞
一件白色带霜寒衣披风下的她
内心里黑黑的热恋
是与我此时此刻的心跳腾得多么一致啊

在供热的岗位上

我一刻没有停息

一刻也不允许自己有丝毫懈怠

她的美丽

我的心跳

此时此刻

爱得是那样的无怨无悔与真情不渝

在供热的岗位上

电脑的鼠标　巡检的"听针"

还有那搬动阀门的"门钩子"

所有这些都成了我最能表达爱意的利器

我的爱

朴素而炙烫

我的爱

晶莹而靡丽

在机械但不乏快乐的劳动中

我一遍遍地想象

一个贫寒的秃小子

能否用挥汗如雨的"劳动"

叩开他最心仪的那一份"感动"

机鸣声声

似乎在大声地表达着鼓励

大地含媚

似乎在尽情地表露着矜持与勉励

在这个瑟瑟寒冷的冬天

在这个默默坚守的供热岗位上

我一次次地
在心里期冀
来年暖春与一片姹紫嫣红后
那一个令人心动的久违等待

铁路：中国力量（组诗）

张德祥

织锦人

一首歌由地上烂漫到天上
若凭我一个老铁的经验和想象
绫罗绸缎　可能
是你最美最靓最好看的渴望
我乃是满怀金山、银山

车轮不停飞奔、歌唱的火车
就是歌里反复说唱的那种
阳光里若金月光里似银的长梭
司机——四季飞梭不止的织锦人

左右贯通，泾渭分明
无数的木材、食粮、日用、矿藏
一宗宗，一宗接一宗的五彩斑斓
被梭子铮铮地用力拉紧、拉远
长交路或者短交路
以至裹风挟雨
日夜　织出疏密有度的生活网
上面深深印满幸福的花瓣

我们生活中的每一串幸福指数
都是火车轮子一圈圈转出来的

天　梯

像似那首歌高不可攀的样子
清晨草场青青
轻轻吮吸着阳光
山冈于黄昏巍巍地仰望巨龙飞翔
如果，就那歌的抒情节奏而言
我看那筑路工就是当今世界上
再千难万险不过的路之天梯了

其实，居庸关上的长城有记忆
垛口还曾经留下许多美好的赞语
早自京张铁路铺下第一根钢轨
中国铁路就成为中国梦的天梯

今天的青藏高原铁路
尤其感动了早已作古的詹天佑
从前就连雄鹰都爬不上去的地方
我们能九天揽月的筑路工——
曾施以高于詹天佑十倍以至百倍
因地制宜的施工魔法
一手哈达，一手雪莲花
硬为巨龙插上一双美丽圣洁的翅膀
崇山峻岭中

以超时空的速度和高度飞翔

身背行囊走天下的筑路工
为自己用唾液、汗水乃至血渍加油
终年把钉好道枕的轨排扛在肩上
双臂坚挺，再将信念奋力高擎
人们才像坐过山车，赤红地踩着
他们钢铁般的脊梁与坚强
一路登上天堂——
抵达日夜思念、景仰的梦之故乡

筑路红火了家园

过去的许多日子
在开工礼炮轰然奏响之际
地面相关的一丛丛密集的矮灌
一株株拔翠的高乔，以及
刚刚开花的苹果、香蕉、葡萄
还有正在吐穗的高粱、谷子、玉米
无不深情地被毁成狼藉

别说旧年的元石、明瓦、清砖
由于梦境的指向，只要在线
即使昨天的工厂，今日的楼堂
也同样被夷成空旷

如此荡然

看似有些让人心痛得伤筋动骨
可是，美丽的阵痛之后呢
一条条波澜壮阔的大动脉流
不遗余力地　即为贫血的土地
为被创伤的那些阡阡陌陌
夜以继日　汩汩地造血、疗伤
只见从前甘心倒成枕木的老树
情愿舍己献身的老屋、田园和苗圃
时不我待地振兴与复苏
一张张广大而密集的铁路网上
挤满现代的福祉和小康

然而，谁也不会忘记
今日城乡如此巨大的盛势、旺象
都是从那一次又一次　持续
摧枯拉朽地掘进开始的

一线　一线

王浩仰

尘土滚沙遮蔽浩瀚碧天
机车轰鸣乐章起伏波澜
看，望不穿荒郊孤野的人头攒动
说，道不完热血男儿的苦辣酸甜
这里是工地，人称一线，一线

晨曦里，我们披雾疾行
黄昏中，我们戴暮而作
狂风中，我们刚毅不倒
大雪里，我们勇往直前
这里是工地，人称一线，一线

夏日中，我们不再去找寻那树下的一抹绿荫
冬日里，我们不再去追寻那空中的一抹骄阳
刚毅、坚强，在这里被刻成碑放在心里矗立
矫揉、做作，在这里被埋进脚下的土中腐烂
这里是工地，人称一线，一线

朴素、大方的工作服顶替了往昔的花红柳绿
尺子、仪器，赶走了往昔戒指、项链的陪伴
青春在这里褪了伪装、变回纯色
梦想在这里又扬帆远航，找到了停泊的港湾

这里是工地，人称一线、一线

指导，教诲，在这里驱走无助
笑脸，问候，成为孤寂中的陪伴
忙碌让我们忘却了心中的忧愁
集体生活让我们倍感家的温暖
这里是工地，人称一线、一线

没有办公室的干净、舒适
没有双休日的恬静、淡然
这里的生活犹如一杯放了糖的咖啡
提神不醉，苦中有甜
这里是工地，人称一线、一线

看，那秀丽的楼群在夕阳下站成新娘
路旁的翠柳俨然婚礼中的伴娘
听，一线的我们却在悄然落泪
因为生之痛，养之艰知晓的只有我们的爹娘

建筑必定有晴天
因为我们在一线

工地晨景

续艳阳

春风像一名化妆师精心地装扮着工地
工地似一名少女出落得楚楚动人
阳光是工地的偶像
一出场　工地就热血沸腾

车辆　机具队伍在马路上穿行
马路笔直如进度网络图横道
目标明确
怎不让人似春风般步履匆匆

挖掘机舒展臂膀　晨练中焕发精神
打夯机扭动屁股　街舞般跳动
起重机衔一片云彩　展示在空中
搅拌机哼着小曲　向工地吐露心声

油漆工是美术班学生
挥舞彩笔涂抹着五彩斑斓的梦
焊工是写作班成员
紧握电笔书写闪光的人生

测量工瞄着经纬仪
渴望的眼神在四处搜寻

钢筋工精心编织了一张张网
不知是爱还是情
······
壮美的工地啊
你胸怀宽广　博大能容
容进了高耸入云的建筑
容进了宏伟的钢铁巨人

容进了设计师的张张蓝图
容进了四面八方的建设大军
容进了机声隆隆
容进了欢乐和歌声

不一样的风景

张亚辉

午夜，掀开刚盖严实的棉被
披上刚脱下的衣衫
备好熟悉的装备
我，开始追逐黎明的曙光

欲醒未醒的混沌中
渐渐清晰的
是肩上的责任
和对未来生活的向往
这个时刻，只有虫鸣，只有蛙声

宁静的午夜，无垠的幻想
现场机器的轰鸣
扰不乱心中熟记的参数
干冷飞速的风扇
带不走精益求精的执着
一字排开的路灯陪伴
让我重新审视自己
每一次的酸甜苦辣都化作缄默
在渐冷的宁静中慢慢沉积
选择左电
便是衣带渐宽终不悔，大庇天下寒士俱欢颜的夙愿

选择左电
便注定要欣赏世人无缘的风景⋯⋯

我紧握着一双手

杨建中

　　七一前夕，我再一次来到山西省平顺县西沟村，看望我国唯一一位一至十二届全国人大代表申纪兰同志。我握着这位85岁的老代表、老劳模、老党员的手，感触良多，感慨良多。

我紧握着一双手
一双热乎乎的手
仿佛握住了太阳的脉搏
聆听着岁月的旋律
为改天换地
她热络起"金星合作社"
为致富奔小康
她火烘出一座座村办企业
岁月告诉地球
把阳光收储在自己的胸腔
取之不尽
用之不竭

我紧握着一双手
一双宽阔的手
仿佛拉开了时空的门闩
迈进春天的绿色
"妇女只有走出家门参加劳动

才能真正获得解放"
"男女同工同酬"
乘着春风荡漾在哥本哈根的洋面上
条条掌纹如江河跌宕
百转千回奔向东方
海纳百川
有容乃大

我紧握着一双手
一双硬邦邦的手
仿佛托着太行山的脊梁
触摸到历史的沧桑
"是党员就不能谋私"
"当干部就得为人民干事"
担任省妇联主任时她与自己约法六章
"不转户口，不领工资，不脱离劳动……"
排排老茧挺拔屹立齐声歌唱
豪壮得像铧犁与编钟的碰撞
壁立千仞
无欲则刚

我紧握着一双手
一双厚实的手
仿佛邂逅了长城的魂魄
看见万年黄土与千年文明正在互恭新禧
"没有共产党就没有新中国，也就没有我"
"实现民族复兴，党的号召就是我们的责任"

"听党话跟党走，我就是豁出命要走在前头"
血液中满是感恩
骨子里刻着忠诚
捋着银须的祖先带着久违的欣慰向我飘来
不停吟诵着两句经典
自强不息
厚德载物

我紧握着一双手
一双有力的手
仿佛攥住了腾龙的犄角
领略到雷霆的呼吸
"为人民服务可不是一句话
真要做到不容易"
"你干的事情
才是检验你是个甚人的唯一标准"
换了容颜的山河竖起了拇指
里程碑变成了新的路标
踏石留印
抓铁有痕

我紧握着这双手
感觉我一下子醉得像百年醇酿
她十指抱拢时
让我看到了我的心脏
她跳动得是那样青春那样蓬勃
她双臂张开时

让我看到了我的梦
她居然长出了那么大的两扇翅膀
我的心和我的梦紧紧相拥着
扶摇直上一起飞走了
向着天堂
迎着曙光

黑暗中的舞者

王畅伟

黄土高原，雄风浩荡
汾河弯弯，九曲回肠
在古老的三晋大地之下
沉睡着千万年的宝藏

有这样一群可敬的人
行走在地下数百米的地方
几十年如一日
用青春年华掘取黑色宝藏

敬业爱岗，满怀争先创优的念想
不畏艰险，勇于把盛世壮举开创
默默奉献，全然把所有名利淡忘
心中有梦，就有无穷无尽的力量

时光流逝，但岁月不会遗忘
谁曾挥汗如雨，背负满身的伤
谁曾擎举信念和梦想之火
驰骋在黑暗的疆场

一盏矿灯
指引地下巷道中前进的方向

满身汗水
浸润着家国建设的无限希望

黑暗中的舞者
舞出世界的另一番模样
他们的灵魂
是黑暗中最耀眼的光芒

梦里梦外

杨春茂

我从梦里走出
告别了那个安逸的窝
在黑色的新天地中
寻找另一个我
那黑炭凝成的天地
现实与理想从那里飘落

煤矿在我心里开花结果
过去的苍白已随风而去
我现在就想张开臂膀引吭高歌
内心的渴望已与躯壳重合
那黑色的光芒就是我的生命之火

黑脸人

吴志强

天未破晓
我们的矿工整装待发
静静地浑浑地
去向了千米井下

日出山头
他们被煤尘包裹一身
劳累繁重的身躯下
洋溢着黝黑灿烂的笑容

乍暖还寒
千米井下的伙伴
有矿灯照着 有安全提着
到处都是挥汗如雨的火热场景

瞧，今早又看到了他们
发亮的双眼 分不清谁是谁
他们边走边笑 打打闹闹
团结融洽的氛围感人至深

他们是可爱可敬的"黑脸人"
他们与矿山融为一体

让生命的本色接近了煤的品质
多想和他们风雨兼程
慢慢体悟他们背后的情缘

黑色的波浪织就如画江山

贺　阳

忘却了多少个日日夜夜
不曾闻见阳光的味道
在黑暗中匍匐前进
用汗水滋养着生命之光

黑色的矿井
黑色的矿产
黑色的眼神里
都闪烁着照亮人类的光明

压不弯的脊梁
浇不灭的信念
钢铁般的意志
将满腔热血洒向矿山

勤劳与智慧
是你们起飞的羽翼
无私和奉献
是你们奏响的乐曲

俯首
如同秋季麦田饱满的穗

拳头
好似永远朝向太阳的葵

在这片黑色的土地上
你们用沉沉的爱筑成堡垒
你们的血液
如同这黑色的金子源源不断流向祖国的各个角落

无悔青春献煤矿
乘风破浪谱新篇
你们的梦
便是祖国的梦

黑色的煤炭
是你们手中的画笔
用辛勤的汗水研磨
织就了万里江山如画

让生命在燃烧中绽放

王军旗

有人说，我的岗位很平凡
也有人说，我的工作很普通
可我知道
岗位平凡，贡献不能平凡
工作普通，成绩不能普通

一块小小的煤炭
历经千百万年的埋藏
期待一生，他只求一次粉身碎骨的燃烧
因为在燃烧中，
他能散发出炫目的光泽
带给人们光亮
在燃烧时
他能看到周遭逐渐上升的温度
带给人们温暖
或许在繁华殆尽之后
他能拥有一个不灭的灵魂
谁又能说，他太平凡

我们正如这一块块的煤
而我们的人生就是生命的一次燃烧
它可能发出美轮美奂的光芒

可能发出巨大的热

震天动地　温暖人间

也可能如烛火　星星点点

带着微弱的温度

静静地燃烧

为黑夜带来一丝光明

谁又会说，你太普通

"花的事业是尊贵的

果实的事业是甜蜜的

让我们做叶子的事业吧

因为叶子的事业是平凡而谦逊的"

平凡岗位上

有我们燃烧着的青春

普通的工作中

绽放着你我的激情

我们的一生

也许没有风光无限

也许没有优越的条件　丰厚的待遇

但我们同样自豪

因为

平凡地燃烧

让我们活得有尊严

孤独地绽放

也异常荣耀

煤之魂

杨新辉

星星点点闪耀的矿灯
照亮了漆黑的矿井
在远离地面的地下深处
这里是光和热的源头
这里蕴藏着无限能量
这里燃烧着煤炭人火热的激情

如果说煤炭是黑色的黄金
那么我们就是勤恳的淘金人
被这强大的磁场吸引
为祖国的发展输送血液
乌金翻滚，变成一团红火
在这黑与红的交响乐中
演奏出我们煤炭人的赤子情怀
甘愿用无悔的青春
来渲染这曲煤炭人乐章，高歌嘹亮
用自己的一腔热忱
浇灌这一方博大的土地
陪伴煤炭工业在发展的道路上越走越广

无数辛勤的煤炭人
上下求索着探寻未来

把煤炭企业的发展之梦扛在肩头

筑梦的征途

千里雄关漫道万丈如铁

梦想之路的磨砺

要用坚强心志对抗挫折

风吹日晒依然坚定前行

霜打雪降不改一腔赤诚

巷道记住了那些辛勤穿梭的身影

矿井默默地印记着那滴落的汗水

一步一个脚印地积累

从点到线，从线到面

微观的能量聚合起来

就是一个美丽的中国梦

劳动者之歌

当夏天挥挥手而去
太阳的光芒依然洒满大地
九月的天空
是什么旋律在奏响
那是我们用汗水谱写的劳动之歌
生命如花，人生似曲
只有劳动才是最神圣的
是劳动创造了生活
在经历过辛勤汗水的洗礼
粗厚的双手不再娇嫩
劳动就是这时代的车轮
劳动才能体现生命的真正价值
只有辛勤劳动才能呈现中国梦
只有诚实劳动才能兑现中国梦
只有创新劳动才能实现中国梦

父亲的梦想

杨　勇

面朝黄土背朝天
用力挥舞着锄头
只为迎来丰收的秋季
拭去汗水，拿起窝头
你引用着《列宁在1918年》里的台词
坚定地对母亲说"面包会有的，牛奶也会有的"
这是八十年代父亲是农民时的梦想

闪烁的头灯，隆隆的采煤机声
奋力抬起一根根单体
只为托起那温馨的小家
穿过铁道，爬上山坡
走进昏暗的小平房
你指指远处灯火通明的夜市
对母亲说以后我们也要住进楼房
那是九十年代父亲是煤矿工人时的梦想

闲暇的午后，沐浴着温暖的阳光
你在棚户区改造的大房子里
抱着孙子
对母亲说现在很满足
这是父亲退休后的感想

三十年来你用勤劳的双手
实现了心中的一个个梦
三十年来的改革开放与西山的不断发展
实现着一个个家庭的梦

中国梦
是你的梦，是我的梦
归根到底是劳动人民的梦
请伸出勤劳的双手
去实现你的梦，我的梦
去实现我们伟大的中国梦

雨中的星星

宋青林

八百米井下
深深的巷道
被星星们无限延展
头顶没有天
却在淅淅沥沥下着雨
星星们说是淋头水
我说就像无情雨
无论中雨或小雨
工作面仍热火朝天
掘进机神采飞扬
星星们干劲冲天
锚网支护谱新篇

淅淅沥沥雨不停
雨衣无能为力
湿了星星们一身四季不变的棉衣
却湿不了他们
特别能吃苦
特别能战斗
特别能奉献的精神
正是这精神之灯
照耀着星星们
在"雨中"追赶"太阳"

欠着你呢，妹妹

吴海斌

你小我三岁，因此都习惯了对你用减法——
你比我少读了四年书
比我早结了三年婚，连青春都比我缩水了
你嫁的那天，说实话，我一点都不开心
我因此减少了一个聚多离少的亲人
——就像圆的橘子，被人掰走了一半
你在鞍钢培训的时候，给我来过一封信——
说那里好大，管理得好严
你自己也很忙，你仿佛比我都懂得了许多道理
一下子成了个大人
那时候，你肯定找到了母亲身体里——
我们共同住过十个月的暖意和孤单
你那次算得上第一次出远门，虽然并不远
你也一定找着了什么——
那些冷机器，高厂房，铸造出什么？
你因此总是抽不开身，难能回来
你给我看过你的工资单，一张窄窄的白条
打印着你的月薪——
规整的字迹中有哪一笔，才是你的闲暇和财富？
母亲很早就离开我和你了
那时我十四，你十一
就是母爱，你也比我少了三年

你买的房子，小而暗

你把它清扫得那么干净，养了那么多的花

——你并不觉得它小，母亲活着的时候

爱说一句话——栽花养鸟一场空

你把整个房子最明亮的地方都给了那些花了

你打的毛线衣，是我见过最漂亮的手工

我女儿穿的那件，我们一直不舍得给了别人

你总是在厨房，边看菜谱，边炒菜

我知道你工作的地方离家有点远

我不知道你工作的车间，你也从来没领我去看过

也许你觉得脸上搁不下来——

你总说，你的工作是亲人中最不好的

我每次看见你的时候，你花枝招展喜笑颜开

你儿子上高中的时候，给我打了个电话

说要让他到市里上，你手头再紧，也让他上了所好中学

转眼你又早早退休了，一线特工

就贪了个这便宜，那几天给你搬家

我问你——从此不用三班倒了，你该开心啊

没想到，你睫毛上噙着泪，眉头皱着

对我说了句——

这些天，心里一下空了，都不知道该去哪里

我给你述说着，你这样年轻退下来

可以安心抬起头来，看看你过去没时间看的星星啊

把厂区的小房子卖了，来市里换个大点的房子

好给儿子结婚用啊，你喜欢养花

养满满一大房子的花，还可以去找另外一份工作

并且咱们只找上白班的

人活一辈子，总得为自己做一回主
你说好是好，可我们没钱啊
我说你让我想想，有哪些地方，都还欠着你呢

收玉米（外一首）

王太文

下了三天雨，天晴了。进地会陷脚

可还得赶快把玉米收回家

免得穗头腐烂变白

五亩多地，姐姐姐夫都来帮忙

他们掰穗、撕皮、装袋子

我喜欢把满满的袋子扛到地头，一趟，三十趟

穗实里的雨，湿透衣袖

头顶的蓝牵牛花把香酒倒上我的头发，嘴唇，领肩

空袋子回来时，我喜欢顺便仰望它们

又担心来来往往碰伤它们

它们是酒盅，又是音响喇叭

在传扬着地心深处的歌，或者

在传递降落的天籁。宁静中

它们默念怎样的诗，播放怎样的音乐

天黑时，活儿才做了一半，可我们得歇工

一天的劳动中，我饮着牵牛花的仙酒，听着它的仙曲

我没说给哥哥、姐姐们，这可怎么说，怎么说清

我们离村庄越近，乐曲越清晰

我睡前想到它们时，它们在夜色里更加醇香，明亮

让梦想在大山里拓展

人常说大山里的信息传递本身就慢

大山里的农民想挖掘财富真有点难

而现在

每当我登上大山的梯田

每当我走进山村边的河湾

变了　变了

梯田上的庄稼已经摆脱了过去的传统习惯

这就是，什么作物卖钱多它就种遍大山的梯田

河湾里的大棚蔬菜是那么新鲜

春夏秋冬在蔬菜大棚里已经没有四季的循环

每当我看到农民数着一沓沓票票和他们的喜悦

我就想到了我们工会的培训班

是工会的培训班，让农民和农民工挖掘各业财源

是工会的培训班成为他们的技术摇篮

因为培训班里的科技书籍有千卷万卷

使当代农民把书当作梦想的实现

他们如饥似渴地吸取着书中的乳汁

把一本本科技书籍当作梦想之源

在工会的培训班里没有年级之分

只有书籍和学员从业的分类

书，如今在农民和农民工的书橱里

书，常年也放在农民和农民工的枕头边

当然，就因为他们的文化素养不同

从而也就使他们对书中的技术有不同的理解

因此，工会培训班总要请来老师和专家

对各类从业农民的书籍反复讲解

所以，工会培训班成为书的基地

工会培训班成为农民致富的桥梁

培训班里的书籍虽然种类繁多

但对于农民对书的渴望总是有那么一点缺欠

比如

他要让蚕茧量大质高卖个好价钱

他要办起自己的养殖产业园

她要在村里办起第一个敬老院

他们不仅仅为了致富而需要书

他们同时也为了新农村繁荣和谐

工会培训班为了让大山里的农民梦想成真

书籍成了培训班的教授吸引着大山里的学员

工会培训班视书为宝

而农民在书中寻找黄金、寻找知识的力量之源

读书已成为当代农民习惯

读书让他们不断品尝着他们生产生活中的苦辣酸甜

工会培训班在大山里四处延伸

读书让农民的梦想不断在大山里拓展

梦缘中国

石惠君

当我用颤抖的笔
写下你如鹰的矫健
知不知道你此刻的志向随云在流浪
那座结实的城市
潜藏你潇洒的身影
天籁的歌声依然嘹亮
当我用赤诚的爱
临摹你如松的气概
蓬勃的雄心叱咤风云
一种夙愿重叠
七彩纷呈的年代
泪雨纷飞
流淌成千年红河
华夏的子孙凝望
没有比岩石更坚硬的良知
也没有比土壤更珍贵的自尊
心接着亘古的誓言铺展
谁在囚崖下独行
谁在苦难河淹渡
一切都在命运的薄丝上弹跳
历史传承给我们的是
南征北战捷报频频

理想信念火种纷纷

历史就这样演绎着

一次次传说

一次次带泪的更迭

让我们亲临现实的残酷

何惧沧桑

没落的手掌

撑起一方坚硬与辉煌

只要风一直在吼

脚步的威严随时

都在启程

人　生

石建花

夕阳西下，晚霞满天
落日余晖把男人涂抹得愈发光彩
手拉着的小平车上
女人安静地坐着
欣赏着城市的点点滴滴
惬意的脸上刻下了满足与幸福
这是一对靠收垃圾为生的夫妇
生活在城市的最底层
也许他们不曾有梦
每天辛勤劳作供养家人
男人的刚毅与知足
让生活变得不再艰难
女人的微笑与和善
让生活变得更加灿烂

不曾有梦的梦
也许正是最简单的梦，和谐的梦，安定的梦
朴实善良的劳动者
就如同天使
点燃劳动这朵最美的火花
绽放劳动赐予的最真笑靥

不曾有梦的梦

也许正是梦之起航，梦之耕耘，梦之开花结果

不论从事什么职业

只要付出了足够的心血

就能感受劳动的芬芳

那最纯真的笑容

足以让这世界黯然失色

不积跬步，无以至千里

不积小流，无以成江海

实现伟大复兴的中国梦

正是千千万万个梦想汇成的黄河与长江

如黑暗中遥远的灯塔

点亮了我们心中的方向

指引着我们不懈追寻

从黄河出发

白瑞勤

当簇拥的波涛像集合号一样吹响
当飞溅的浪花跃过列车车窗
我们，我们和黄河
都在沉思和默想

历史和现实又在抉择
传统和现代又在碰撞
进步和落后又在撕扯
光明和黑暗又在较量

每一条道路的关口
每一个重要的时刻
黄河的风骨，黄河的气势
黄河的命运，黄河的方向
都成为我们的思考和精神营养

让黄河上的每座山、每条河、每株草
都和黄河一样
骄傲、平等地挺直脊梁
让祖辈的、父辈的、我们的理想
都和黄河一样
坦荡地、融洽地健康生长

让我们的每一处田园、每一栋楼房
都在黄河的呵护下
宁静、快乐地走入阳光

让我们的每一个白昼、每一个夜晚
都在黄河的滋润下
温暖、幸福地放声歌唱

甚至，让我们的子子孙孙和我们的朋友
始终拉着黄河的手
满面笑容地走在纯洁的路上

为此，从现在开始
我们不再犹豫，不再徘徊，不再观望
不能让沉渣泛起，阻挡黄河
走向海洋的航向

出发，从黄河出发
疾驶的列车，远航的轮船，飞翔的鸟儿
和黄河的浪花，一起
向前，向前流淌

当许多年过后
平静地回望这一路悲壮的行程
我们肯定会再次激动，苍老的心
将会在河水中轻轻地荡漾

军工礼赞

张　阳

厂区轰轰，人也匆匆
朝霞迎来他的岁月一天又一天
晚霞送走他的人生一幕又一幕
叮叮当当是钳工砸下的音符悠扬
噼里啪啦是车工车下的铁屑飞舞
军工精益求精，职工从不放松
粗糙的手掌里面藏着国际高精尖技术
刚毅的脊梁上面背负着对人民的保护
他们踏踏实实，生命奉献给劳动
他们勤勤恳恳，用青春铸造中国梦

最美的风景

——写给最美的交通警察

张 艳

在晨曦彩色的光华里
我看到你
笔直的脊梁
被涂抹得　绚烂

在落日悠悠的余晖里
我看到你
挥动的手臂
被雕饰得　缤纷

在狂风呼啸　在暴雨肆虐中
我看到了你
在烈日炎炎　在雪花漫天中
我读懂了你

你的脊梁
教给我该怎样站立着面对苦难
你的手臂
告诉我该如何度量有限的生命

你站立着

在你朝朝暮暮的守候里
你站出了多少平安的笑容
你站立着
在你手臂起落的交替里
你站成了我心中最美的风景

劳动全家福

武　慧

乌金富饶的山川中
那里有我的家
家里挂着的全家福
记录着我们相亲相爱的一家
一家四口工作服务于矿山
另书一幅劳动全家福

爸爸工作在一线
经常与太阳碰不到面
听说井下到处是黑色
处处是危险
有句很贴切的比喻"四块石头中间夹着一块肉"
我和妈妈都很担心和心疼爸爸
可爸爸却坚持工作几十年
坚持着这样的语言
"只有我们这样经验丰富坚持劳动的一线工人，才能托
　　起矿山的辉煌。"
我爱爸爸，更尊重爸爸为矿山劳动奉献的伟大坚持

再聊聊妈妈
妈妈是一名普通的后勤工作人员
小时候我只是笑她

总是为那不起眼的工作自豪
长大才知道
那是一种强烈的职业自豪感
矿山给予妈妈工作
她回报予矿山负责劳动与自豪
我慢慢明白
这就是妈妈对矿山对企业的感恩

我和妹妹
也工作于矿山
这是爸妈的意思
我们受惠于矿山而成长
长大后的我们要反哺矿山

于是
我们也学着爸妈
努力劳动奉献矿山
我们盼望着陪着矿山走出煤炭形势的低谷
共同和谐矿山家庭

劳动的赞歌

郭登科

梦想——凝聚的理想在放飞
中国梦——中华儿女两个"百年"强国理想
劳动是勤劳智慧的代名词
劳动加快中国小康社会进程
劳动描绘中国美丽，美丽中国
劳动代表中华民族文明进步
劳动代表中华民族历史使命传承

梦开始的地方

孙　芳

她，曾经辉煌，在改革的大浪中展翅

无数江阳儿女引以为傲

她，也曾举步维艰，在激流逆境中跌宕起伏

无数江阳儿女为之奋起、拼搏

未曾经历父辈们艰苦卓绝的创业

未曾经历父辈们患难与共的风雨

江阳的今天，是父辈们用心血浇灌出的甘果

我们翻过昨天，把握今天，畅想明天

我们紧随改革的脚步

我们紧跟时代的节奏

企业的合并与重组

为江阳的明天指引了发展的方向

为江阳的发展构建了美丽的蓝图

她，是梦开始的地方

我们开拓创新，厚积薄发

她，是梦开始的地方

我们迎着朝阳，放飞理想

她，是梦开始的地方

我们在激流中奋进，在起伏中成长

她，是梦开始的地方

我们会用心、用情、用爱，再创江阳曾经的辉煌

我热爱这片土地

张淑琴

走在这片热土
温暖从脚底传到心房
这是生养着我们而又被我们生养的土地
这是照耀着我们而又被我们照耀的地方

在这片土地上
我们挥舞着臂膀
强健的肌肉迸发着激情与力量
我们转动着灵巧的双手
美丽的茧花在掌心绽放
我们开启灵动的大脑
智慧的结晶似繁星闪亮
我们劳作的身影
辉映着四季的夕阳
我们辛勤如雨的汗水
滋润着喜悦的面庞

在这片土地上
竞相崛起的高楼
构建城市的脊梁
蓊蓊郁郁的花草树木
晕染生活环境的画样

次第入户的汽车
加速提升生活的质量
引领时尚的潮流
溢满大街小巷
品种日趋丰富的蔬果
邀请菜篮子饱享
高科技的渗透
打开与现代化俱进的门窗

在这片土地上
辛勤劳动的人们
耕耘着收获着
创造日新月异的变化
安享幸福美满的时光

在这片土地上
热爱劳动的人们
追求着梦想、实现着梦想、更迭着梦想

我爱这片土地
我爱这片承载着我们梦想的地方

向一台老式车床致敬

闫海育

向一台老式车床致敬
向一杆老枪致敬
向一名老兵致敬
据说，北约导弹
炸穿南斯拉夫大使馆
地下室的那天深夜
车间里突然传来机床的轰鸣
值班师傅披衣下地
壮胆，拉开工房的顶灯
空无一人，只有这台车床
独自运转，床前的台灯
如幽幽的鬼火，那年月
军工厂只是一张伪装的虎皮
靠谋民用零食维持生计

这是一台上世纪五十年代的车床
边境战事，人歇机不歇
曾经创下连续七天不合眼的纪录
却在那一夜莫名的启动之后
眼睛再也看不准精度
牙齿开始脱落，骨质出现疏松
旋转的速度明显跟不上

与时俱进的步伐，那一夜奔袭
远远超过了它老胳膊老腿的负荷
部队当过连长的车间主任说
轻伤不下火线，就让它守在阵地
擎着战旗吧
它有一颗勇敢的心
能守住我们的灵魂

手

王晋瑾

那双手总也洗不干净
皮肤越来越粗糙
遍布着茁壮成长的老茧
点缀着深浅不一的伤口
旧伤未愈，新伤又添
关节也日渐粗壮
当初的结婚戒指再难脱下
那双手便愈显憨厚
那是爱人的手
是一名矿工的手

勤劳的人儿

徐建宏

勤劳的人儿
来自生活的每一个局部
她身材高挑，面色红润
笑声爽朗，步履轻盈
她穿梭在单位、会场、车间
家庭、学校、商场以及
需要她的每一个地方

她诞生在最广大的农村
或者城市。这无关紧要的成分
始终抹不去她劳动者的本色
在最初的启蒙中，她懂得了
劳动是人生最美丽的旋律

于是她开始了漫长的跋涉
从五千年的风烟，辗转到
现代化的都市和乡村
她一边劳作一边传承
最后幻化成一个符号
闪耀在汗牛充栋的线装书中
她就是初创时期的女娲
或者是仰观天象的伏羲

她是夸父，奔走在
赤焰千里的干裂大地上
她是愚公，挥汗于
层层叠叠的山石土方中
她是那个女扮男装的花木兰
从满户的织机声中突围
来到了荒凉悲壮的北方边陲

今天，她是我们共同的偶像
含辛茹苦时，她是慈祥的母亲
承上启下时，她是贤惠的妻子
奋发进取时，她是可爱的女儿
她胸怀梦想，因为她是策划者
她忍辱负重，因为她是建设者
她有时也苦不堪言
因为偶然的迷茫
但更多的时候，她
消除着我们的疑惑
因为她是伟大的布道者

当她奔波在远方
离开了我们的视野
或者劳累过度
躺在了白色的病床上
我们是否可以接过她的工具
成为现实中的勤劳者

啊！勤劳的人儿
你是永远的标杆，挺立在
炎黄子孙念兹在兹的大地上

蜜蜂之歌

赵盂天

夏天来了
太阳穿着金色的燕尾服
像著名的指挥登上了舞台
它把巨大的热情投向大地
开始一场盛况空前的演出

河流已经奔腾
山脉相继起舞
森林的手臂摇成了演唱会的波涛
花朵的海洋将现场装点得五彩缤纷

寒冷的春天结束了
蜜蜂们冲出蜂巢
成群结队地飞向旷野
飞向河边、山坡、果园和油菜花绽放的田间
它们是那样单纯
它们用嗡嗡的叫声叙语心中的幸福与向往
它们从一朵花跳跃到另一朵花
采撷着属于自己的甜蜜
劳动是这样的美好
辛勤的劳作一点也不觉得疲累

蜂群是一个巨大的部落
它们按上帝的旨意生活
它们有明确的分工与使命
有天赐的自由和纪律
它们是命运的共同体
它们的和谐令人敬佩

一只蜜蜂小小的身躯
一天要飞行千里
往返于花朵与蜂巢之间风雨无阻
它们为理想奋斗
也为幸福付出
它们和太阳彼此理解
彼此心照不宣

蜜蜂是渺小的
但，他们爱憎分明，勤劳勇敢
他们能横飞江河湖海
敢翻越崇山峻岭
敢单独去未知的地域冒险
敢与偷蜜的棕熊搏斗
它们有锐利的武器
尾部的毒刺让敌人丧胆
它们守卫家园不惜生命

蜜蜂是渺小的
但它们能自己养活自己

它们把不同的花粉采回来
酿成不同风味的花蜜
让生活丰富多彩
它们的快乐难以用文字翻译

整整一个夏天
无数的蜂群，无数的个体
都在享受劳动
它们飞行在花朵与蜂巢之间
在路上谈情
在花朵间说爱
它们不需要为未来忧患
也不需要为当下愁苦
它们的私语我们不能听懂

蜂与蜂之间
没有欺凌　情同手足
我猜测不出他们偶尔的抵触是打斗还是嬉戏
我想，它们一定有一部宪法正在执行
在法律的保护下劳动
在劳动中寻找人生的意义
我用象征的手法写下这首有关蜜蜂的诗
只是歌唱劳动
是源于劳动带来的美好

你在哪里（散文诗）

宋建鹏

孩子，你在那儿还好吗？

仿佛还是昨天的记忆，现在，你又在遥远的西藏阿里。

那儿究竟是什么样的地方，怎么会如此迥异？

咱家小院里花红树绿，你那儿冰天雪地。

你爸光着膀子还说热呢，你却穿着厚厚的棉衣。

孩子，你说九黄机场已经够高了，阿里比它还高八百米。

我的孩子，你在哪里？

怎么会走平路也大口喘气，怎么会大热天套两件棉衣，怎么会连着几个月的雪夹雨，怎么会午夜了，你还走在阳光里？

外面的世界有多大？草原的蚊子有多密？高原的氧气，究竟有多稀？

我只要你保重身体，带着我们的惦念，无论白天，还是夜里。虽然工作很忙，也要抽空躺下休息休息。

没有你，没有你们的默默奉献，企业怎能发展壮大，怎能立于不败之地？

没有你，没有你们的舍身忘己，怎能实现美丽的中国梦，怎能让祖国在世界屹立？

孩子，我们理解你。

我的爱人，你在哪里？

单位的体检卡已快到期，能不能回来检查一下身体？长年在遥远的工地，还想着孩子蹒跚学步，转眼已是初一。

你尽管放心家里，双方老人有我照顾，孩子考试又是第一。谢谢你那么多的好同事，你的好兄弟，我们已经搬进建南新居。你要保重你的身体，安心工作，同时继续学习。

我也渐渐老去，只希望你早些回来，靠一靠你宽厚的肩膀，相偎相依。

我的爱人，你在哪里？

我想你……

爸爸，你在哪里？

昨晚我趴在你身上就睡着了，你答应周日带我去书店，我醒了，却哪儿也找不到你。

爸爸，如果你回来，我一定好好写作业，不再淘气。

爸爸，你说呼伦贝尔是中国最大的草原，有骏马在奔跑，有牛羊散落在草地，九月就封冻，六月才消融，能看到大雁南飞，整齐划一。

你说，你是在编织美丽的丝带，连接南北东西。

爸爸，你说中国有十二座高高原机场，你们就建了六座。九黄、红原、康定、邦达、阿里，还有世界第一高的亚丁机场，海拔四千四百一十一。

你说，你是在雕琢宝石，镶嵌在祖国各地。

爸爸，长大后我要当一名勇敢的宇航员，在茫茫的太空里飞来飞去，寻找你神奇的画笔。

老爸，我爱你……

这样的你最美

丁　颖

当和煦的微风轻抚嫩黄的迎春花
你在雪域西藏呵气成冰
为阿里定制昆莎机场
当清凉的小雨微叩火红的凌霄花
你在赤焰新疆汗流浃背
为乌市建造会展中心
这样的你真美

当我驰骋白水黑山
是你跋山涉水开山凿路
当我徜徉彩云之南
是你风餐露宿遇水搭桥
这样的你真美！

春生夏长秋收冬藏
不知你奋战多少日夜
长城内外大江南北
不知你完成多少梦想
这样的你真美

圆小家梦一栋栋高楼拔地而起
成中国梦一条条道路四通八达

汗水、泪水，是我建工筑梦人无私的奉献
笑语、欢声，是我中国劳动者丰厚的回报
这样的人啊！最美

淡蓝色的天空

刘晓霞

夜　钻机　砼罐车

几盏灯光　两盆炭火　往外溢出的黏稠泥浆

抬头望天空　夜色浓墨　星星几许

遥远的星光斑斓的夜空　有一种令人神往的魅力

留步　为那依依远去的夜晚

在太原这个不太容易宁静的地方

此时此刻　时间走过的轨道　周围早已归于沉寂

焊接钢筋笼迸射出的强烈闪光

及其绚烂　瞬间于夜空熄灭

冲击钻机的打桩声　单调而有节奏地重复着

一直一直响下去　是的　这是个24小时的事情

冗长时光中不曾离去的期许　期许中不曾离去的冗长时光

成孔一根大约得11个小时　反映到资料表格中单位一定

　要是分钟

就仿佛这样的数字不够庞大

在这漫长的长夜里　相信每一个人　都有

一种朦胧的温馨和寂寥

抑或是一片模糊的希冀和怅惘

成孔　塌孔

在黑夜和白昼瞬间神奇的启承转换时

极目远处天空　美得足以令人不知所措的淡蓝色的天空
我看到　风正从天空穿过
今夕何夕　今夕何夕

收　割

你提到了卖粮，不过，没有提到粮贱伤农
我几乎忘记收割是一个动作
水被镰刀锈蚀，秋雨有着灰尘的味道

其实不提收割最好，在镰刀面前
我从第一人称变成第三人称
无须考虑季节，我被反复收割，我忘记
收割是一个动作。偶尔关心一下
镰刀，它生锈，我疼

地勘情

朱 清

梦想

是人们内心对美好的憧憬和渴望

是人们不断追寻的人生高度和前进方向

六十年寒来暑往

一代代纯朴的地质人

为了追寻梦想的力量

为了心中不变的地勘情结

肩背地质包　手拿地质锤

一个放大镜　一架指南针

一身汗　一身泥

奔波野外　跋山涉水　足迹遍布祖国的山山水水

为大地揭开神秘的面纱

为祖国寻找沉睡的宝藏

梦想也许并不伟大

但我们不畏艰险　耐得住无尽的思念和寂寞

不懈地坚持着　工作着　快乐着　无怨无悔

用青春和汗水描绘着精美的太行蓝图

几十年酷暑寒冬

几十载沧桑巨变

变的是贴满院史的功勋和地勘英雄们的两鬓

不变的是山谷间地勘人的壮志豪情和对梦想的永恒追求
一座座矿山
一片片煤海
凝聚了一代又一代地勘人的汗水和心血
勘探开发　奉献能源
服务经济　促进发展
这是地勘人的信念　更是地勘人的伟大精神

今天
当代地勘人以"铁人精神"激励自己
用最美的劳动　最真挚的地勘情
托起美丽的中国梦

梦的旗帜

贺志伟

这一天
实现百年梦的呐喊
点燃我心中炽热的火焰
风风雨雨一路走过
我们用双手收获光明
用汗水编织七彩梦想
我们用誓词打造矿井安全
用心灵的虔诚呵护生命的尊严

我知道
百里矿山有着无数儿女的梦
大地深处有几代人的汗水和奉献
经过风风雨雨的洗礼
矿山如处子般美丽
看着男人们宽厚的脊梁
我们看见了劳动的美　还有
美好的愿景
我们都感受到家的温暖
奔向小康，走进和谐家园

一个梦
在心中羽化成一双翅膀

飞出阳光万里

诗歌纷至沓来

激励我们阔步前进

美丽的中国梦啊

赞美你　坚定的信念无比自豪

歌唱你　为了龙的图腾

我要把青春献给你

为了您的富强和美丽

我们无怨无悔

叶片上的露珠

——感恩企业抒怀

刘海红

那年的冬天
一股寒流袭来
这不是《诗经》里的任何风
却让我心未动　身已远
最后飘落在一棵叫矿山的大树上

我一直在树根蜷缩
低吟着心中的《离骚》
在一片冰冷的洁白中
四处张望
直到被春天的晨钟惊醒

眼前一幅播种的景象
纵横交错的廊桥
谱写着丰收的序曲
定格成《麦田里的守望者》
这是一片神奇的土地
理想在拔地而起中丰满
希冀在群山合围中共鸣
乌金在反复提炼中闪光
在草根的滋养下
我开始慢慢融化　升腾

掠过腰际
树杈给我插上《隐形的翅膀》

捧花护果
叶不停地接力
永续的潮汐将我的生命填充
我焕发出从未有过的自信
一次次的洗礼中
感念叶对根的《雅》《颂》

向上　向上
我贪婪地吸吮着空气　养分
驾着长车　舞动青春
在自己的枝头间驰骋
燃烧全部的激情
融入这绿色的海洋
本以为坠落了诺亚方舟
却拥有了整个森林

每当夜幕降临
我总是钻入温暖的爱巢
亲人们在心中守候
从未远离
每次醒来
我总是化身一滴露珠
在熟读《春秋》的叶片上
惬意地伸个懒腰

有这样一种人

霍建凯

有这样一种人
没有瑰丽的辞藻来形容他
他渺小如尘埃般平凡
却用自己的色彩
描绘出一幅幅惊心的画
在劳动中将自己升华

有这样一种人
从来就以矿山为家
不说那地心深处挥汗如雨，埋头苦干
不说那黑暗世界长长井巷，千沟万壑
只看那整日满面煤灰、几个疲惫邋遢

有这样一种人
他们不是平凡的人
在遥远而生疏的世界
恪尽职守地
把黑色的煤分成三六九等
分出高矮胖瘦
分出尊贵卑贱

有这样一种人

他们黑，不是受虐于阳光

他们与煤为友，任凭煤粉肆意

他们把青春交给矿灯

他们将思念隐藏

他们不分昼夜

他们穿单调工服，戴沉重安全帽

他们抽烟，喝酒

他们也有无奈

他们像煤，缄默不语

他们是煤，照亮千家万户

他们就是煤，燃烧在冬天

一靠近就温暖

有这样一种人

他们就是走在一线的煤矿工人

他们能听到大地的心跳

他们能看到大地的汗水

他们无惧苦脏累险

在寂寞的黑里

在自我旋转和救赎里

用深刻的爱和远逝的青春

把煤的岁月层层点亮

为了心中共同的理想

将自己描绘的那幅画

更加锦上添花

心铸长城

杨明礼

我们坐落在太行山下，这里山高雾大
我们的工友就是在这里，爬上爬下
为了祖国的富强，甘愿把热血洒
哪怕是添一块砖一片瓦

祖国和人民需要我们
辛苦点没啥
看，高耸入云的铁塔
望，条条银丝穿插

那是万户千家的命脉
只有日夜守护着它
也许一不留神，会引起掉闸
警钟常常心中挂

井下的兄弟危在旦夕
我们责任重大
山高路滑，谨慎把线路查
各个保护密切相连，不能忽视它

用心后台，巡回检查
发现隐患，挥刀斩乱麻

赢得光明，送万户千家
祖国繁荣，离不开你，我，他

煤山魂 复兴梦

闫小保

翘首凝望

那被夜色泼墨浇睡的大山

像是倾城之姿描的一条条眉黛

附耳聆听

那被热血驱走睡意的人们

犹如神祇在青山眉黛间点的一颗颗心痣

跳动着煤山的魂

他们 等不及黎明

是热忱执着的机车司机

是淳朴憨厚的皮带工

是成熟稳重的扳道工

是心思缜密的配电工

当然，还有他们最勤劳的伙伴

他们是勇往直前的掘进机

他们是滔滔不绝的皮带机

他们是平稳前行的箕斗车

他们是力拔山兮的小绞车

是他们

还有他们

在这个萧瑟的秋天

在这个即将迎来的寒冬

我看到了他们刀刻斧琢面庞上侵浸的汗水

看到了他们风雨泥泞下跋涉的双腿
我看到了他们矿灯刺破黑暗的光辉
看到了他们举镐奋力荡出的煤灰
是他们不知疲倦
还是那个伟大的信仰支撑心间
黑白交织的脸上只有坚毅
疲惫不堪的双脚依旧有力
是因为他们从未失去希望
才能重新铸造辉煌
是因为他们曾经辉煌
所以他们有复兴的梦想
他们用满腔热血的胸膛
众志成城
立志走出煤炭的复兴路
他们用粗糙有力的双手
不畏艰辛
传承这个民族的大国梦

唱响我的中国梦

阎靖华

夜里我做了一个梦
梦中我变成了神笔马良
我手握一支七彩的笔
想去描画一幅美丽的图画
我来到长城，来到黄河
雄伟，奔腾，像是前进中的祖国
我来到天山，昆仑
巍峨，峻岭，像是前进中的祖国
曾经的你历经战乱，饱经风霜
经过艰难的抗争
你重新屹立起来
现在的你
化身巨龙，荣耀世界的东方
我不知该如何画出现在的你
如此蓬勃，如此多彩
神笔在此刻也失去效力
因为，你的变化日新月异
我惊叹，我自豪
我的祖国，我的中国梦

我的中国梦

巩一宁

在梦里
我常常会梦到
站在蜿蜒曲折的万里长城上呐喊
奔跑在辽阔的草原上高歌
坐在一望无际的大海边听着海浪的咆哮声

因为在我生命里的每一个转角
都贴满了你的每一个最美的画面

你就像一位慈祥的母亲
孕育出壮美的山河
华夏儿女感激您的母爱

而渺小的我，也同样有一个梦
就是为我亲爱的祖国母亲献出我的一切
虽然微不足道
但我坚信这是我们印在鲜红的五星红旗上共同的梦

低凹处站起的精神巨人

——写给农民诗人杨成军

杨海东

调换电视频道的那个时分
一个实实在在的中国农民
站在中央电视台的演播大厅
一幅美丽动人的情景
一泓发自内心的激流涌动
瘦弱的身体演绎着沧桑
刀刻的脸颊布满岁月的印痕
他情不自禁，满面春风
溢出美好的生活憧憬
他来自最冷的地方
东北吉林
他去到最热的地方
广东深圳
他给自己谋了一份无悔的职业
新中国的建筑工人
他肩扛水泥、钢筋疾步如飞
身悬脚手架在云端中穿行
每当夜幕降临
喧嚣的城市恢复宁静
工棚内的收音机
是它异乡之客的精神补品

遥望北方的星辰

听音乐，写诗歌

发给守巢的老伴

翘首以待她，第一个读者的点评

有幸来到"开门大吉"的舞台

一次次地叩响音乐的门铃

一遍遍唱出精彩的歌声

从而获得了万元奖金

他梦想是带上心爱的她看海

这也是他和她的共同愿景

他最大的财富是两个儿子学业修成

他最大的成功是个人诗集正在发行

他的人生哲理是"命运用痛吻我，我还以歌"

这就是农民诗人杨成军

空谷中的一株幽兰

低凹处站起的精神巨人

他一个普通的老百姓

天赋、品格、水平、高度集一身

他秉承是金子总能发光的执着精神

展示了一个当代农民工的精彩人生

环卫战士

相中英

粗糙的双手紧握扫帚
坚毅的眼里没有感喟
他们的身影穿梭在大街小巷，任劳任怨
"亲爱的家乡，我们在用心擦净您的面庞
让您不再憔悴，不再忧伤——
我们扫，我们扫"

豆大的汗珠滴洒衣裳
乱飞的尘土沾满鼻梁
他们已顾不上直腰抬头仰望，全力以赴
"亲爱的家乡，我们希望您朝暮神清气爽
让您步伐矫健，不再慵懒——
我们扫，我们扫"

弓背咳喘已不算什么
环境清秀美才算心安
他们不求他人给予夸谈赞扬，默默无闻
"亲爱的家乡，我们期盼您日新月异富强
让您舒展臂膀，不再彷徨——
我们扫，我们扫"

笤帚在飞，簸箕在响

翠峰迎旭日，鸟儿在歌唱
抓紧时间赶忙，不要打搅晨练上班赶学的路人
我们清扫，日日匆忙——

黎明的号角已经吹响
催人奋进的步伐不能歇脚
因为家乡美丽的明天还需要我们共同创造
振奋精神，百折不挠
我们扫，我们扫

马路天使

杨玉莹

天亮了
太阳出来了
街上的行人开始走动了
柳絮也在空中飞舞了
但起得最早的
莫过于
身穿橙色上衣的
环卫工人
他们还是一如既往
为我们这个城市除尘

扫帚、自制垃圾袋
是他们每天的必需品
落叶、废纸
是他们每天都要见面的"朋友"

每一条大街
离不开他们
乌烟瘴气的城市变得
沁人心脾
每一道小巷
离不开他们

死气沉沉的城市变得

生机勃勃

他们

风里来，雨里去

走过春，越过夏

将平凡演绎得如此平静、自然

他们

让美丽驻足

他们

让大爱升华

杨善洲　人民永远牵挂你
——观影片《杨善洲》有感

田艳萍

心里装着老百姓
脑子想着大滇西
手中忙着插秧苗
脚印遍布山沟田里
你有一个动听的名字　杨善洲

老百姓口渴心苦　你先知
老百姓空着饭碗　你先急
天大旱　人大干　你带头
公私分明的规矩　你坚守
你用人定胜天的勇气创造了滇西粮仓的奇迹

离开领导岗位推辞离休待遇的你
怀揣报答乡亲父老的梦想走进了大亮山
吃饭有个锅　睡觉有个窝
十七年如一日
头发白了　身板驼了　皱纹添了
一个一个的山头绿了
交接时你抚摸着棵棵钻天大树
泪光盈盈地呢喃着孩子们　好好活　好好长
最终你带领乡亲们击退飞机草换来三万亩油绿的惊喜

生怕看不到你
用圣水飘洒万顷秧田
用柔风吹拂屯屯粮仓
我徜徉千山万水找寻你

生怕找不到你
用晨露沐浴挺拔松树林
用春晖笼罩葱郁大亮山
我搭乘七彩虹桥呼唤你

我想去看你
林场人们来看你
滇西人来看你
父老乡亲都来看望你
杨善洲　人民永远牵挂你

祥云下的舞者

韩 莹

走进左权

走进这红色根据地

左电祥云下

华能红与将军红泼墨天空蓝

骄阳泣血的天空蓝里

建设者轻舞银丝

从汽机房舞过空冷塔舞进升压站

我不停地仰视 冥思

娴熟的舞姿 舞出黎明舞过黄昏

春了夏 夏而秋

舞出百日大会战如期送电的圣火

舞出左电人创先争优的风雨彩虹

秋至冬来 雪花飞舞的日子

舞者

婀娜的身姿在投产发电的庆功宴里摇曳

小玉茭

李翠莉

记忆中的小玉茭
总是被祖父小心翼翼地掰开
轻轻剥去多余的外皮
收在一块，等有了六个或八个
便细细地编捆在一起

这时候，我看见祖父生满老茧的手
总是轻抚着它们
牙床哆嗦着好像那是他手中的宝贝
他总是生怕粗糙的手心
划破它们

小玉茭是一个特殊的品种
通常是白籽红芯或红籽白芯
颗粒饱满亮泽且排列紧密
每年秋后，总有几串这样的另类挂在檐下
像一串闪亮的风铃

好些年不收秋了
祖父老态龙钟的眼神里
还像时刻握着几个那样的宝贝

"中国梦·劳动美" 山西省职工诗词创作大赛
评委简介（新诗）

梁志宏

1945年出生，中国作家协会会员、中国诗歌学会理事、山西诗词学会副会长、太原诗词学会会长，一级作家。出版抒情诗集《太阳三部曲》、叙事长诗《当代三部曲》、史诗《华夏创世神歌》、长篇传记《太阳下的向日葵：一个正统文人的全息档案》等20余种和5卷本《梁志宏文集》。诗歌曾获中国作协《诗刊》年度优秀作品奖、赵树理文学奖、全国乌金奖等。先后荣获20世纪80年代中国城市诗优秀诗家、太原市优秀专家、太原市文化领军人物和优秀作家等称号。

张承信

1939年出生，中国作家协会会员、中国诗歌学会常务理事、山西诗词学会顾问、《大众诗歌》主编。出版诗集《太行月》、《红土魂》、《张承信诗歌精选》等。《谒包公祠》获《星星诗刊》1982-1983年度诗歌奖，有作品曾获山西省文学艺术创作奖、赵树理文学奖、山西省社会科学研究优秀成果奖等，并入选大学中文系教材、人民教育出版社九年制义务教育《语文》课本。

周同馨

1961年出生，中国作家协会会员、山西省作家协会全委会委员，山西日报社专副刊中心主任，高级编辑。1981年开始发表作品，著有诗集《小城故事》等。曾在《诗刊》、《人民文学》、《人民日报》等报刊发表诗歌等作品400余首篇。诗歌《清早，我擦亮了我的自行车》获1985年度赵树理文学奖。新闻作品多次荣获中国新闻奖、全国党报新闻奖、山西新闻奖。

雪 野

　　1949年出生，原名董义晋。中国作家协会会员、山西省作家协会全委会委员。著有诗文集《酒王》、小说集《北绿树》、诗合集《无穷动》，在全国及省内报刊发表作品100余万字。作品曾获赵树理文学奖、黄河诗歌奖等。

赵少琳

　　1960年出生，山西省作家协会诗歌专业委员会太原市分会主任、太原文学院副院长、《都市》文学副主编、太原诗词学会副会长。出版诗歌和随笔集《在力的前沿》、《红棉布》、《纯棉的琴键》等。作品多次获得全国地域性和省、市级奖项，本人获得"太原市优秀人才"、"太原市优秀作家"等称号，并被山西省委宣传部、山西省新闻出版局评为山西省第五届优秀出版工作者。

王国伟

　　1971年出生，中国作家协会会员、山西省作家协会诗歌委员会副主任、《黄河》副主编。已出版诗集《相思树》、《神话》，文集《云心乃水》等。作品曾获黄河诗歌奖、赵树理文学奖和国家广电总局优秀电视剧剧本奖等奖项。系鲁迅文学院第19届高研班学员。

"中国梦·劳动美" 山西省职工诗词创作大赛新诗一等奖作品评委评语

《劳动者的歌谣》（组诗）

希望原本就存在于平凡的劳作之中，梦想也必然在坚韧的生命中升腾并实现。组诗《劳动者的歌谣》，诗人选取了霞光中的脚手架、记忆中的矿山棚户区等极富时代特征和诗意的意象，以深挚、朴实的情愫，灵动和有质感的语言，描绘出劳动者的生活图景与梦想，呈现出石头般的厚重与坚实，金子般的质地与光芒。我们从中读到了时光的影像，读到了历史的沧桑和现实中涌动的希望。

《兄弟》（外二首）

劳动创造生活，生活饱含情感。《兄弟》（外二首）这三首诗，以平视的目光聚焦城市中最具代表性的底层劳动者，对遍布城市的普通劳动者寄予了深切的人性关怀，描述农民工劳作的艰辛与内心的希冀，讴歌他们坚韧向上的精神。他们是我的兄弟、姐妹，"他们是动词"，"她们的一滴汗是城市的一朵花"，诗中警句迭出，富有审美张力和想象力。

《祖国之书》（组诗）

历史的遗迹和留存，承载着厚重博大的华夏文明。作者借助青铜、甲骨文、石窟等遥远的物像，书写并构成一部"祖国之书"。而这也正是实现中华民族伟大复兴的"中国梦"的宏远背景与文化源泉。古老与现代、梦想与现实，一幅幅被还原的历史细节的生动画面，在文明的脉络上呈现出"中国梦"悠远的光芒，也给当代人以想象和激励。

《方块字：辽阔的黑森林》（组诗）

这是一组以中国改革开放之先声平朔煤矿为背景的气势宏大的交响诗。作者面对脚下浩瀚的煤海，辽阔的黑森林，挖掘出从绿色的森林草木到黑色的石块火焰之间无与伦比的力量与能源，并升华为一种精神的涅槃与呈现，即劳动者最具人格力量的奉献精神。煤与地域文化、人文精神的契合，劳动与奉献的价值和意义，在这组诗中展现出了辽阔而又磅礴的力量。

《太行山上的向日葵》

巍巍太行与天为党。太行山上的向日葵本来与众不同，而一经诗化便有了深厚的文化蕴涵和执着的精神指向。诗人以意象和总体象征手法，通过对太行山上向日葵的抒写，抒发了对劳动人民的热爱，对太行精神的颂扬。鲜活的语言，激越的情感，使这首诗具有一种明快质朴的色彩，以向日葵为象征的劳动者，自然会以"火焰一样的怒放展开生命的平凡和绚丽"。

"中国梦·劳动美"山西省职工诗词创作大赛
新诗二等奖作品评委评语

《劳作使梨花盛开》

《劳作使梨花盛开》是一首礼赞劳动的几近成熟的诗歌文本，显示了诗人从容写作的风度，对词语的敬畏和诗性表达的功力。农人们日常沉闷的劳作，因了"梨花盛开"这一喻指希望的意象而被点亮，从而整体诗境被推向了深邃的地方和挺拔的高处。

《赞美之诗》

我们有理由对这首《赞美之诗》表示赞美。诗人以"左邻右舍"谋篇构图，把尘世中看似无关的凡人拉近了距离，同时又倾注了父母和兄弟姐妹般的情愫。一首口语诗由于通感、借代等修辞手法迭出和警句丛生，从而诗意翩然，拂人心旌。

《低下》

《低下》这首诗以"低下"为诗眼，通过对尘世间凡人乃至动植物生存情状的细节描绘，揭示和颂扬了面朝土地辛勤劳动，一种低下前额和身段的生存姿势与人格境界。诗人激情澎湃，使用连续排比句强化了主题意蕴的表达效果。

《热爱泥土》（外二首）

《热爱泥土》以深刻的内涵和细微的意象，显示出拥抱大地崇尚劳动的精神指向。《女出租车司机》和《麦苗》更偏重于写实，描绘了城市和乡村两幅劳动者的画像，其生存境遇显得苦涩却有着希望的出口。诗人日常平民化的口语、朴素的情感和若干细节的运用，拉近了诗与读者的距离。

《石板坡，某种力的交响》（组诗）

这是一组抒情与叙事交融的气韵蓬勃的乐章，展现了一位乡村老教师教书育人、植树造林改变家乡面貌的生动形象和创业历程。《摇篮曲》如一幅岁月深处的黑白纪实长镜头，《园丁曲》和《咏叹调》则着重抒情，作者以慷慨的语言和一气呵成的气势表达了对于偶像的热爱，直抵读者心灵。

《民工》

《民工》以鲜活、洗练的语言，白描和虚实相间的手法，勾勒出一幅民工为开业前夕的酒店装饰彩灯急速下楼的画面。作者以一枚叶子滑落的意象，凸显了民工生存的境遇和内心的苍凉。末节那个民工"眼睛湿了"的点睛之笔和秋风中打的一声呼哨，令人感喟不已。

《秋风远》（外二首）

《秋风远》抒写城市少年打工者的乡愁，《废木场》和《羊客》同样把笔触指向底层劳动者，读了让人心怀感动。诗人善于运用恰切的意象、隐喻和象征手法，运用细腻和富有弹性的语言，以及典型的细节画面，显示了纯熟自如的艺术才情。

《在新庄谈美》

诗人通过田野、果园、街角等常见的场景，从生活表象中发现美、开掘美，不啻为一篇诗意氤氲的美学论文。这首诗立意、构思精巧，语言老到而时见机锋。末句"让我透过四季的无数次更迭和劳作/看到了遏制不住的美"，使作品的题旨意蕴得到了升华。

《煤块上的镌刻》

《煤块上的镌刻》构思新颖，想象力丰赡。作者在煤块上镌刻船、剑、感言、玫瑰和祝福等图文，显然具有多重象征的意味，诗中具象、意象转换与交融，呈现出丰沛而斑斓的诗意空间。

《劳动》（组诗）

组诗《劳动》以若干典型场景和充满诗意与想象力的

语言，刻画出一个固守乡土、勤劳朴实的老农形象，意境开阔，收放自如。"你都虔诚地躬下身子，镰刀锋锐/映照了一滴汗水落向大地的过程"，这样诗性表达的句子比比皆是。

筑梦之歌

"中国梦·劳动美"
山西省职工诗词创作大赛作品集

下卷

山西省总工会　山西诗词学会

郭新民　主编

山西出版传媒集团

山西人民出版社

序 言

在万物生长的盛夏时节，期待中的《筑梦之歌——"中国梦·劳动美"山西省职工诗词创作大赛作品集》即将付梓，作为这次大赛的主办方负责人和参与者，面对山西诗坛的累累硕果，我感到由衷的欣慰。

举办"中国梦·劳动美"全省职工诗词创作大赛，是践行习近平总书记关于"实现中华民族伟大复兴的中国梦"宏伟构想，响应全国总工会开展同一主题诗歌创作大赛的一项活动；是我省职工文化建设的一桩盛事，也是山西诗坛的一件大事。大赛自2014年8月启动以来，在4个多月时间里，收到了来自全省各级工会组织遴选报送，以及一些知名诗人应征创作的诗歌作品1491首，其中新诗968首，古体诗523首。主办方组建了具有专业性、权威性的评审委员会，秉承公开、公平、公正的评审原则，经过初选和对作品隐名的终审与投票，一批获奖作品脱颖而出，评委会专家对评审结果表示满意。这次大赛的成功举办，得到了全省各级工会组织和广大职工的热切响应，得到了山西诗词学会的大力支持和协助，得到了诗歌界一些名家的参与和指导，在此我向各位的辛劳付出表示诚挚的感谢！

本次大赛的主题是"中国梦·劳动美"，获奖作品最突出的特点就是真实生动地反映了广大职工火热的生产、生活，从不同切面体现了"劳动最光荣、劳动最崇高、劳动最伟大、劳动最美丽"的价值理念，弘扬了社会主义核心价值观，传递出了共筑中国梦的强大正能量。广大业余作者和从事创作多年的诗人，用真诚、细致的笔触抒写劳动，抒发梦想，抒怀人生，勾勒出了一幅幅原汁原味、原生态的劳动画面，在素朴中见崇高，于简约中见壮美，有些作品达到了较高的艺术品质。可以说，此次大赛是一次现实主义诗歌创作的盛宴，为我们的时代留下了一份生动鲜活的诗意记录。

职工写、写职工，也是本次大赛的一个鲜明特点。除了一些专业、半专业诗人的参与，本次大赛的作者主要是来自全省各行各业的职工诗歌爱好者，包括工作在一线的煤矿工人、建筑工人、电力职工、机械制造业职工，还有教师、医生和机关干部。在作品评选的过程中，我认真阅读了入围作品，许多基层作者的作品语言简洁、朴素、生动、形象而又具有行业特色，这些带着生活质感和真情实感的诗歌作品，就像一阵扑面而至的清新之风，吹来了一阵阵的感动和力量。在一首首诗歌中，我看到了对劳动奉献的崇敬和礼赞，对故土家园的思念和眷恋，对美好幸福生活的憧憬和向往，对梦想的执着追求和不懈努力，充分展现了工人阶级的时代风采和精神风貌。当然，其中也有一些作品内容比较空泛，有标语口号说教过多的印迹，未能获得奖项，但我相信经过大赛练兵，基层作者会不断提高自己的诗歌创作与鉴赏水平。而这也是我们举办诗歌大赛，培养基层新人的目的之一。

这次大赛在诗歌形式上兼容并蓄，包括新诗和旧体诗词两种诗体，新诗有自由诗、朗诵诗、散文诗，旧体诗有格律诗、词、曲，还有介于两者之间的新古体诗和格律半格律新诗，可以说形式多样，异彩纷呈。诗坛曾有一些人认为新诗和旧体诗非此即彼，水火不容，甚至刻意贬低某一品种，这种态度显然是错误和不足取的。热爱新诗或旧体诗的诗作者，应该相互借鉴，取长补短，充分发挥不同诗体的优势。这次大赛的成功，说明不论新诗和旧体诗，只要下到功夫，都能写出表现时代精神、富有艺术魅力的优秀作品。

本次大赛让我想到当今诗歌如何走向大众这一关乎诗歌发展的重要话题。中国诗歌源远流长，有着深厚的文化底蕴和鲜明的民族特色，深受人民群众喜爱。诗歌发展到今天，呈现出旧体诗和新诗双舟并驰的良好局面，但也存在着制约进一步繁荣与发展的不少问题，比如新诗与大众关系疏离，日渐成为个人独白、同好交流的圈子文学。尤其新世纪以来，随着经济社会的快速发展，大众消费文化风起云涌，价值观念多元共存，整个社会文化向着世俗化方向发展，文学创作日趋边缘化，诗歌更是备受冷落。如何引导诗歌应势发展，让诗歌重回大众视野，怎样创作出符合时代和人民需求的诗歌作品，值得诗歌界和各界有识之士深入思考。

我们应当看到大众与诗歌的双向需要。当前并不是诗歌的时代，却又是一个需要诗歌的时代。在本次大赛中，许多一线职工用诗歌倾诉着自己的心声，他们带着对生活诗意的追求，写下了记忆中最生动、最切近精神世界的文字，在他们身上让人看到了大众对诗歌的精神需求，看到了诗歌拔擢生命境界、提升精神质量的使命，也看到了诗歌最大限度地满足人民大众的文化需求的应有责任。诗歌离不开大众，这是诗歌的发展方向和作为文艺的服务方向使然。关注社会群体的大多数，关注社会现实，正是诗歌应有的使命。尤其是随着社会经济的发展，工人群体不断壮大，大批农民离开农村来到城市，来到机器和流水线旁，他们的生存状态，他们的困惑和彷徨，他们的荣耀和自豪，他们的梦想和追求，都需要诗人和诗歌的关注。诗人应该融入大众的日常生活，关心大众的精神期待，关注来自生产一线工人内心的声音，关注中国广大百姓的现实人生，从某种意义上说这是在开启诗歌创作的新向度，让诗歌从虚弱苍白、无病呻吟的负面状态中走出来，也唯有如此才能创作出更多为时代和人民需要的，思想性和艺术性有机统一的优秀诗歌作品。

要让诗歌重回大众视野，必须精心培植滋养诗歌生长的丰沃土壤。文联、作协等社团责任重大，各级工会组织也要为职工诗歌创作提供良好的环境，注意发现和培育诗歌人才，努力推动各地区、各行业、各企业职工诗歌的发展，以形成联动效应，迎来诗歌艺术的繁荣。太行诗群的崛起壮大就是一个很好的范例。这得益于长治市委及有关部门、单位的高度重视，历经多年的积淀与坚守、扶植与引领，使一大批业余诗歌作者逐渐成长，锋芒展露，构建起受到省内外诗坛关注的蔚为壮观的诗歌集群。长治太行诗群，还有太原已现雏形的新诗光线诗群和旧体诗万柏林诗群，对我省职工诗歌的创作与发展具有示范意义。近年来，我省职工文化建设成效显著，职工艺术家、艺术明星等领军人物不断涌现，职工文化阵地不断拓展，文化活动丰富多彩，这些优势和条件都会成为职工诗歌发展的良好基础。希望各级工会组织重视开展职工诗歌创作活动，有条件的可以组建职工诗社，帮助职工发表出版诗歌作品，为广大职工营造出一片诗意的精神家园。我也衷心希望有更多职工热爱诗歌艺术，加入诗歌创作队伍中来，用美妙的文字关注时代、温暖人生、激浊扬清，享受诗歌带给我们心灵的欢悦和美好。

今天，我们正与一个伟大的时代同行，立足在这块神奇而美丽的土地上，见证着中华民族最繁盛的事业，内心深处的诗情和诗意不断地澎湃涤荡。我们有责任向伟大的时代、伟大的祖国、伟大的人民奉献出锦绣华章。

郭新民

2015年6月20日

目　录

一等奖作品

二等奖作品

三等奖作品

入围作品

古体诗

诗九首

武正国

佳境全凭奋力登
——登北岳恒山有感

险峻雄奇集大成，低高近远景纷呈。
逶迤山路长龙舞，呼啸松涛大海鸣。
碧瓦红墙崖壁挂，浓云淡雾脚边生。
迎风挥汗逐阶上，佳境全凭奋力登。

咏炼钢工人

全副武装迎热浪，火红映面汗珠蒸。
心花钢蕊一齐放，胸臆炉膛两沸腾。

咏采煤工人

搏却阴寒和黑暗，采来温暖与光明。
尘灰满面心纯净，水火无情人有情。

咏勘探工人

跋山涉水走天涯，处处无家处处家。

万宝深藏千百米，我心处处绽奇葩。

咏建筑工人

建起高楼幢幢宏，寒冬炎夏住工棚。
家家迁向新居日，再赴荒滩再扎营。

咏纺织工人

人分男女时分季，爱好要求各不同。
万紫千红凭尔选，丝丝纺自织机中。

咏造林工人

斗转星移不动心，扎根荒野度光阴。
一头黑发成霜雪，无数童山披绿林。

咏环卫工人

挥帚凌晨梳路面，脸蒙汗水御寒风。
回头笑看长街美，心共朝阳胜火红。

咏农场工人

汗浇禾土细耕耘，粒满呈仓入袋殷。
经济腾飞奠基础，人心稳定建奇勋。

大梦先觉吟 (五首)

李旦初

雨后韶山夕照红，谁持彩练舞长空？
斑斓化作山河梦，飞向蓝天气若虹。

雾锁千山接大荒，彤云密布夜茫茫。
一船风雨南湖梦，破浪扬帆正起航。

马上吟诗破险关，驱倭逐蒋一挥间。
指点江山圆大梦，东方一曲遍人寰。

死去原非万事空，神州处处映山红。
十年一觉京华梦，公祭无颜告马翁。

力挽狂澜晓色开，春风浩荡扫阴霾。
神州满载龙腾梦，亿万苍生骋壮怀。

词二首

时　新

永遇乐·登太行

苍岭青霜，寒风入耳，蝉唱声绝。又上巅峰，俯瞰南北，大地纤云折。太华如戟，恒宗似壁，天际一弯清月。漫回眸，河汾三晋，犹如一片霜叶。　　今来古往，山高水急，消去多少人物。炼石西天，羊头尝草，谁替先民悦。长城望雪，太行立马，犹记激情如泼。数风流，仰天长啸，昆仑再送。

摸鱼儿·十月

到如今，几多风雨，东风今又吹煦。想当年，大江汹涌，谁领雄师横渡。遥指处，今又见，龙盘虎踞宏图铸。五洲信步。任北国新天，江南旧地，花满重阳树。　　人间事，天老沧桑正路。而今回首欣慕。西江高峡平湖出，往事千年初付。谁又妒，君不见，嫦娥袖舞神舟上，泪流如注。多少梦依稀，热风冷雨，弹指一挥去。

诗二首

黄文辛

太原中环开通巡礼

周末环城转一圈，观光市井意绵绵。
历朝小巷皆修窄，今日狭街正拓宽。
高架立交蝴蝶结，独吟对唱艳阳天。
旧城改造开新景，路畅车通好梦圆。

老勘探队员

手中握得定音锤，十万大山听指挥。
峡谷回旋传曲韵，金乌起舞献光辉。
敲开亿载连环锁，破解千重云雾迷。
墨雨银云观不尽，悠悠往事沁心扉。

诗曲三首

郭翔臣

高铁建设者赞

旷野为家日日忙,青筋裸露沐三光。

云边一路牵心远,雨后双虹记梦长。

南京大屠杀死难者国家公祭日感怀

七十七载白云度,龙虎依然江畔怒。

石头城外素容颜,领袖元元情眷顾。

凄厉长啸为哪端?云飘不动望江寒。

黑墙犹似潜龙卧,素卉还添梦蝶翩。

当年雨血起仓皇,国弱难能敌小邦。

历史屠城怎又现?无情不义辱庭廊。

老者伤心重记忆,城垣突破鏖兵密。

头颅破碎脑浆迸,孕妇腹中刀穿刺。

牵筋绑臂驱江边,无分老幼一绳连。

枪声起处纷纷倒,血水江流汩汩延。

少佐军曹举战刀,屠刀劲舞赛狂飙!

百零五揖百零六,拄刃齐朝镜面噪。

犹如野兽进羊群,还似豺罴露狞森。

民房古迹遭焚毁,姑娘媳妇辱门庭。

坑大掘来百姓茔,垄长枪击万赢兵。

街面横陈多尸臭，城头变幻影魂停。
尸车来往无名系，草乱丛冈堆十七。
万字旗飘收敛人，由来不再详疏密。
卅万冤魂号路空，外邦友善哀江红。
六周地狱嫌魂挤，救助医生慰民惊。
艰难伟岸八年度，敌败狂人清海雾。
核振东瀛录玉音，魔狂不再锋芒露。
远东审得狂人系，故国还欣敌酋毙。
亿万同胞泪眼睁，行年报得冤魂祭。
荧屏叙述论还真，岂是当年弱积贫？
东邻莫测高深处，不战却兵思绪存。
文章造化起东方，博大曾经演盛唐。
匍匐廷前称学艺，东瀛使者选儿郎。
王维李白晁衡谊，也许诗丛野史忆。
归国晁卿传浪沉，诗人日夜灵魂祭。
沧海渺茫和尚渡，扬州张港留楹柱。
为传法事六行功，双目失明十载驻。
净土宗传启法声，玄中寺庙在交城。
青峰立壁攀援至，才许东瀛吕律宏。
文传经卷字传道，学不全圆君莫笑。
仁义礼智取精髓，孔孟原来多奥妙。
非是东方不若西，入欧脱亚诸事迷。
精深不敌强寇焰，原本清廷败腐糜。
狮吼声声情并茂，强非永远强听落。
恃强凌弱弱成强，励激刚强催鼓棹。
沉沉入夜眼发酸，一日无眠笔未残。
老迈谁知心意诉缠绵，意在黄钟大吕震冥顽。

【双调·驻马听】咏山西

彩艳灯射,当识层层钻地穴,应知他汗流洇血。吟来商路千千结,相交的情谊行行洁,登楼的脚步声声叠。敢叫人从头瞥,几千年唱不尽的春秋帖。

诗二首

赵黄龙

所 见

蓝天为膜大温棚,万物出头操练营。
遥控不知谁掌握,城乡次第展荧屏。

忆杜圣感建筑工人

临坛登绝顶,好作放光芒。
岁月迎朝旭,云霞绕陋堂。
虽其茅屋破,任我峻楼昂。
广厦惊人句,千秋也领航。

诗二首

常永生

雪　歌

天上雪花来，人间登玉台。

遥知春脚意，好梦莫须猜。

万里缤纷山竞舞，一行梅影怒开怀。

怀中一去凡尘迹，自比仙人无胸埃。

手把嵯峨崇岭承天势，何须踌躇满志哭岐崖？

噫！一首沁园春，高风何快哉！

帝王将相皆成灰，荒冢堆堆随风衰。

野火春风生百草，群黎撑起山河杯！

杯中社稷知冷暖，雪兆丰年逢贤才！

中南海里龙噙瑞，五岳雄浑气奔雷。

声赫赫，意巍巍，长城内外鞭骓骓。

追风踏雪一身豪气壮，莫为春江花月夜徘徊！

功名全赖民心系，事业无非国运载。

一望苍茫千里去，犹见东风满眼向春雷！

焦裕禄纪念碑

国遇艰危思脊梁，焦公风范首当扬。

躬身舍命除三害，尽瘁忧民担翊纲。

万里黄河情浩浩，千章青史气煌煌。

秋来试问高桐树，树下谁人正纳凉。

诗三首

张春义

贺建党九十三周年

瘴雾严霜路不迷，身当矢石拯群黎。

百年风雨推襟袖，万里关河罢鼓鼙。

清晏昔曾传厚德，廉平今始入新题。

欣逢四海呈繁盛，漫倚晨光撷彩霓。

圆明园

凄凉板荡不堪论，独自唏嘘认劫痕。

草没残垣归野鼠，路飞秋叶突枯根。

百年忧患还经眼，四海兵戈总断魂。

斫地风雷携雨急，水光云影远相吞。

过杜甫故居

万里飘蓬客路难，尚从字句感辛酸。

乱离岁月居无定，破碎山河劫未阑。

岂直文章惊海内，独将名节著云端。

故园今又斗芳草，准拟风前放眼看。

散曲三首

原振华

【正宫·叨叨令】 教师剪影

清晨跑步公交站，回家常有霓虹伴，不分昼夜连轴转，讲台三尺青春献。嗓音哑也么哥，颈椎痛也么哥，一张贺卡心花绽。

【正宫·叨叨令】 教师梦（二首）

一

不做那呼风唤雨当官梦，不做那传销中奖发财梦，不做那灯红酒绿荒唐梦，不做那逍遥避世桃源梦。淡名利也么哥，守清贫也么哥，一心一意呵护那青春梦。

二

守着那春蚕蜡烛丹心梦，守着那蜗居质朴清贫梦，守着那辛勤寂寞耕耘梦，守着那书山引路成才梦。人淡然也么哥，心淡泊也么哥，只为圆龙腾盛世中华梦。

词曲二首

师红儒

满江红·壮梦

一夜秋风，天色变、漫川红叶。人道好、山河清肃，菊霜幽叠。旧事沧桑应去尽，征歌长路凭飞越。十万里、澎湃大江流，开新页。　　中华梦，宏业设；民族志，昆仑锲。正扬清激浊，壮怀如铁。广厦通衢形胜出，雄心巨脊舸争发。望神州、碧日挂中天，夸人杰。

【正宫·叨叨令】打工者说

叹声惹泪的霜红叶，恨声邀梦的冰凉月。少年壮志锥心热，良辰美眷相思灭。想不得也么哥，讲不得也么哥，乡愁千里如何卸。

江城子·纺织女工

杨怀胜

工装换下女儿装，织机旁，往来忙。倩影婆娑，谁共舞霓裳？理纬梳经凭巧手，题锦字，一行行。　　飞梭织就好时光，满庭芳，梦当窗。一线情深，累点又何妨。领奖台前谁最美？风韵在，袖盈香。

换热站冬夜抢修

郭宏伟

圣诞前逢数九寒，阀门不与报平安。
地沟白气云千朵，管道高温热一团。
上阵轮番人堵水，举杯深浅夜加餐。
今天记录从何写：十里并州梦未残。

煤海赞

梁志强

采掘阳光暖八方，群山万壑沐春光。

筒仓拔地秋风厉，井架擎天冬雪昂。

驾驭采机堪洒脱，操持仪器亦铿锵。

人生无悔秀豪迈，圆梦今朝共举觞。

工会赋

李晓玉

宇宙浩浩，历史苍苍。世事纷繁，起伏跌宕。立天定人，得道者昌。哪里有压迫，哪里就有反抗。亘古铁律，不可违抗。

溯源工会，源远流长。工会历史，波澜悲壮。十八世纪，六十年代，国际工运，风云激荡；工业革命启工潮，工会组织即登场；与资产阶级对垒，在斗争中壮大成长。反对剥削压迫，愤怒呐喊天际响；维护自身权益，寻求翻身解放。星星之火，燎原之势，遍及全球，不可阻挡；震撼世界，繁荣兴旺。

壮哉工会，气正志刚。"全世界无产者联合起来"，马克思号令高亢。国际劳工擎大旗，无产者自身求解放；中国工人运动，始终有党领航；中国工会发展，一直有党助长。党为你插上高飞的翅膀，党给你穿越风雨的力量。几十载殊死抗争，多少仁人志士赴沙场。怎能忘：震撼世界省港罢工、一二七殊死拼搏、上海起义雷霆、萍乡煤矿枪响。"中国工会"把无产阶级唤醒；工会组织，建立在座座厂矿。抗战织机，织出锦绣山河；工人阶级，涉险滩战恶浪；披荆斩棘，浴血沙场；驱云逐雾，赴火蹈汤；罢工起义，武装反抗；挽国于危难，工人雄心壮；破雾迎旭日，风雨动苍黄；铁锤轧火花，血泪结果香。毛泽东率领工人阶级，彻底砸碎旧世界，当家作主，执政兴邦。新中国历史兮，写下篇篇华章。

伟哉工会，群星闪亮。回首无不惊叹，奇迹件件桩桩。革命建设各时期，劳模辈出堪榜样。赵占魁"边区工人一面旗"、吴运铎兵工事业来开创；铁人王进喜，意志坚如钢；两弹元勋邓稼先，让核弹之花怒放；掏粪工人时传祥、"马路邮班"王顺友，无不是干一行、爱一行、专一行、精一行。"工人先锋号"战鼓，在生产一线擂响。劳模精神威力大，激励干劲增力量；带领工人齐奋进，谱写动人新篇章；走中国特色工会道路，立工会发展根本方向；弘扬劳模精神，凝聚中国力量，做中国道路柱石，永远跟定共产党。辛勤劳动，拼搏奉献，奏出时代动人乐章。

唯我工会，不同凡响。工会旗帜，永远高扬；工会使命，千钧分量；责任重大，职责荣光。你是明灯，为工人将黑夜照亮；你是旗帜，引领工人前进方向，你是春风，在职工群众中徜徉；你是甘霖，在困危职工心底流淌；你是号角，把劳动竞赛冲锋号吹响。逢年过节，你为困难职工送去油粮；酷暑盛夏，你为一线工人送去清凉；金秋助学，你帮助贫困孩子放飞希望；冬送温暖，你将党和政府的关怀送到心坎上；扶弱济困，你不停奔忙；保护权益，你奋勇担当；协调矛盾促和谐，争取权益你护航；你用一颗炽热的心，架起党与职工的桥梁；你用执着和艰辛，换来职工的幸福和安康；你用慈爱和善良，将工会精神诠释弘扬；你用热血和汗水，铸就工会事业的辉煌。

放眼工会，璀璨闪光。工人阶级，领导力量；先进代表，载入党章。工人阶级铁血先锋，党的事业坚强脊梁；党的基石最可靠，创造青史永留芳。日月明，乾坤朗；中华民族崛起，辉映着伟人光芒。建国领袖毛泽东，把新中国开创；总设计师邓小平，改革开放战歌高唱；以习近平为总书记的党中央，引领中国奔小康。看今朝，为圆中国梦，工会启新航。立定本职，胸怀全局，将个人梦、工会梦、中国梦，融入民族复兴伟大理想。历史人民创造，未来劳动开创，工人阶级，中坚力量，工会勇挑重担，工人积极担当；践行社会主义核心价值观，把无私奉献精神弘扬；诚实劳动，实干兴邦。抓铁有印，踏雪留痕，目标信念刻心上。看前方路长，阔步激昂；纵马奔梦路，义胆侠肠。要让家园更美丽，誓叫国家更富强；敢教山河换新颜，定让中华奔小康。

展望工会，战歌嘹亮。继往开来，奔赴梦想；砥砺奋进，大步向前闯；正气贯长虹，壮志永高翔；高擎改革大旗，勇于改革开放，走中国特色工会道路，助力发展凝聚力量。党对工会，给予厚望；国家政权重要支柱，中华崛起有生力量。工会地位，不能削弱，只能加强；工会阵地，不能缩小，只能扩张。"维护、建设、参与、教育"，"四项职能"永远是纲。尊重劳动、尊重知识、尊重人才、尊重首创；坚持公平正义，劳动者权益充分保障。建真正"职工之家"，让职工幸福指数上涨；做最可信赖的"娘家人"，让职工敞开心扉诉衷肠；党的微笑，是工会永恒的信仰；党的蓝图，是工会不竭的向往。建中国工人幸福大厦，铸中国特色铁壁铜墙；鹏程万里跟党走，振兴凯歌动地扬；热血已沸腾，升腾是希望；激情在燃烧，奋斗是理想；浩气贯长虹，汇聚正能量；东方巨人惊天起，泱泱大国震四方。会挽雕弓如满月，全球望，中国强！

美哉工会，祝普天下工人朋友福祉永保，愿全球工会精神千秋传扬！

沁园春·矿山情

白存环

采掘阳光，暖亮八方，惠我同胞。值如歌岁月，激情澎湃，扬帆煤海，挥汗夺标。井巷深深，头灯颤颤，汽笛声声亮九霄。凭谁问，喜乌金滚滚，畅饮新醪。　　人文幸福山焦，领千万矿工任辛劳。恰今逢寒市，千难万险，矿山儿女，矢志勤劳。清夜难眠，英雄不老，兴企富民意气豪。宏图绘，圆百年梦想，就在今朝。

醉琼枝·交警元宵执勤剪影

张永林

旭涌洪流万派明，清风立定序新征。九载街心羞说不，肃穆，臂谐红绿舞阴晴。　　道路畅通人意静，珍重，心牵晋脉梦同城。彩舆匆匆龙又虎，同舞，警徽一片灿升平。

【正宫·塞鸿秋】环卫工人赞

韩志清

你看他黎明即起长街上，你看他日头斜照汗珠儿漾。你看他帚花儿扫尽尘泥浆，你看他条条巷道油光儿亮。春秋风雨情，寒暑勤劳相，喜看咱山城也呈现文明样。

晋城煤业赋

樊广明

夫晋城煤业，盖能源基地之翘楚。五八初肇，始名晋矿；盛产之炭，兰花当飨。色可比金，质参玉强；乌金墨玉，工业食粮。赉锡丰饶，造化蕴藏；天下青睐，福泽四方。晋煤儿女，慨当以慷；几代养晦，半世韬光；胼手胝足，艰辛遍尝；同心铸剑，直指天狼。终使"蓝焰"驰名，"金马"收囊。

改革潮涌，凤骞龙骧；太行举纛，一马先当。不畏榜上浮名，笃信脚比路长；斯地云蒸霞蔚，矿工摩拳擦掌。老骥奋蹄虎啸冈，横连纵阔拓八荒。煤气电化，纲举目张；六大板块，旗舰领航。资源整合，跨河过江；循环发展，势不可挡。精气神焕发，龙图骊珠任驰骋；产学研联盟，安全高效铸铜墙。化弊为利，无悔男儿胆量；点腐成器，堪称煤海儒将。清洁能源煤层气，气化三晋有担当；多元发展启宏图，国际一流步铿锵。

风云扫六合，惊雷横空响；雄师挥长鞭，豪情达三江；精神撼山岳，文化竟流芳。苍龙出渊志冲霄，鲲鹏一举排云上。鸿猷今得遂，跻身五百强；猛士凯歌旋，热血铸辉煌。噫吁嚱！晋城煤业，焕彩流光；赫赫前景，山高水长！

赞曰：维我晋煤兮，穆穆煌煌；人杰地灵兮，万福千祥；矿区和谐兮，员工安康，无愧使命兮，再续华章！

劳动者赋

李建平

甲午岁次，岁在初春；旌旗猎猎，壮心旦旦；猎猎兮骐骥并举，煌煌然功业垂成；思源忆往昔，戴德感今朝。

五秩砥砺，奋勇当先；迎风雨而奋进，携春秋而同行；宵衣旰食，拔犀擢象；行和谐之道，奠企业鸿基；漫展华章，安莫大焉；矿嫂大爱，如烛映照；协管齐抓，日月同光；巾帼风采，以固久安；翩翩倩影，微微笑颜；忘家忘我，书诸竹帛；羹汤琼浆，但愿矿工无恙；缝衣钉扣，唯祈子弟安康；流动课堂，启心智于初萌；巾帼情怀，排后顾以前瞻；融融亲情，溶照寒雪；神采万千，遮挡埃尘；点点滴滴，渲染新绿；丝丝缕缕，呼唤阳春；宜尔家室，其乐泱泱；卅年发展建设大飞跃，女工家属共撑半边天！

消郁躁倦气，聚昂扬锐意；如晴天霹雳，唱响工人之伟大；似春风甘露，讴歌劳动之光荣；像雪中送炭，激发劳动之热情；居荣耀而不骄，处逆境而不馁；鹰隼振翼，翩羽吸张；素质工程，人才强企；十余年争先，心怀高远；反映职工呼声，引领时代航程；劳动光荣，工人伟大；铸就"特别能吃苦、特别能战斗、特别能攻关、特别能奉献"之精神；劳模工作室，树立正形象，安全之声广播站，传播正能量；劳动铸辉煌，丹心俱昭彰；劳动之风，累累硕果；五一奖章，烁烁其光！

夫拳拳爱心,文明之根;忱忱真情,华夏之魂;朗朗乾坤,悠悠年轮;潇潇春雨,飒飒秋风;逆波骤起,浊浪虐行;爱心催其生,明珠熠熠生;川青播大爱,浩浩矿工情;造福桑梓,泽庇苍生;襄助教育,功高德勋;似雪中送暖炭,若酷暑降甘霖;吾矿干群,戮力同行;大爱在怀,同声相应;爱心若风,播撒清新;爱心似云,温暖心灵;爱心犹雨,润育万物;嗟夫!滔滔江流思源起,碧玉繁枝念根本;风雨同舟挽危澜,共克时艰奏大音。厚德载物兮以强企,自强不息兮而求进。耿耿中国梦,拳拳赤子心;歌道德以高尚,感仁爱以倾情。赞曰:沧海横流,青史彪炳;人间有博爱,寰宇万象新!

南北汇集,名士雅聚;沃土植根,薪火传承;时光交映,凝固永恒;采北国风,萃南疆景;捞珠掘玉,留影存真;镜蕴万象,光影含情;浴鲜霞兮谒胜境,弘雅图兮传新韵;无言有情,达意传神;融古纳今,怡心冶志;文心百炼,铄铄其文;或意气飞扬,大度堂皇;或灵动骏逸,凝重矜庄;恣意放情,龙蛇跃腾;集多元文化大成,书矿区和谐文明;艺术奇葩,渊源传承。俱风流,艺坛藻雪;看今朝,异彩炳焕;雅士团囿,煤海馨香!赞曰:噫!意深播爱,风和传情。

龙城府东府西街改扩建赋

尹昶发

癸巳之秋,七月既望。余携妻偕友,游于府东府西街改扩建工地侧畔。日已西下,晚风习习,生桂魄之爽韵,觉神清而气闲。

俄而闻工地机声隆隆，又见叉车来去穿梭。大吊车长臂挥舞，挖土机巨齿腾翻。断垣残壁顷刻夷为平地，沟壑坎堑倏忽变换容颜。沥青路面扩展至五十米外，双向八车道平整似鉴。非机动车便道亦整修如划，笔直坦荡。中华灯高悬光照如昼，绿化带迤逦耸翠，葱郁连绵。噫！此岂非众目睽睽之十里通衢大道，何其美艳光灿如斯焉！

正是：上下齐心，八方声援，强强联手，攻坚克难。喜圆中国梦，妆点新太原。赞曰：

秦嬴鞭石总虚玄，缩地长房亦笑谈。

构建通衢应有术，高新科技梦今圆。

借煤炭之咏，献给采煤工

孙爱晶

地层藏奥秘，何物化乌金？

蓄得阳和力，凝成赤子心。

焚身情炽烈，送暖意丹忱。

纵使为灰烬，清名犹可寻。

营运司机

常保玉

沐寒冒暑道遥迢，注目凝神耐苦劳。
脚踩油门增雅兴，手扶方向领风骚。
脱贫串起千家路，致富联通万户桥。
商海浮舟搏大浪，物流命脉促新潮。

蝶恋花·打工仔

蓝溪

挥别小村前路远，浪迹天涯，孤旅谁相伴？玉蝶双飞芳草甸，梦中细妹笑容浅。　　客寄他乡霜月满，缕缕相思，恰似秋溪漫。残酒还斟斜照晚，凭栏怅望南飞雁。

三等奖作品

江城梅花引·腊月民工

李翔娥

年关每近恨天凉，雪茫茫，夜茫茫。拼尽微身，楼起一幢幢。高处人家灯隐约，独余我，几徘徊，思故乡。　　故乡，故乡，在何方。老柳旁，新瓦房。望也望也，望不见，水远山长。谁解归心，唯有旧行囊。不惧人中尘满面，只怕是，误归期，老了娘。

【正宫·叨叨令】劳模叫俺心操碎

李彦斌

俺老公三天没有回家睡。香喷喷藕根饺子谁尝味。他总是经常饿肚损伤胃。这工厂上下人人佩。干不完活不回家也么哥，干不好活不收工也么哥，倔强的老头天天叫俺心操碎。

劳动妇女歌咏之林巧稚

田承顺

万婴之母爱儿啼，妙手开春惠众黎。
儿女成行花烂漫，神州长忆女神医。

朝中措·聆听习总书记在北师大
座谈讲话有感

王官庆

聆听睿哲肺肠论，国学又逢春。古梦今圆一脉，人文教
化兆民。　　风骚灵验，完人法古，处世怀魂。先圣先贤缔
造，兴邦厚植基因。

送赴湘抢险救灾队出征

王慕沂

身经百战立奇功，飞赴潇湘夜点兵。
横扫坚冰救瘫网，从来恶战出英雄！

我的中国梦·调寄贺新郎

魏兴元

中华大国度，五千年文明灿烂，足昭千古。多少英雄与贤哲，演出风云活剧，建立了奇功无数。鼓舞后昆留史鉴，那故居遗址宜珍护，却往往归尘土。　年深消蚀是因素，几多回旧城改造，令其让路。开发商们尤胆大，往往先斩后奏，转瞬间化为乌有。我愿千城千特色，将民族记忆长留住。毁古迹，不重睹。

【商调·满堂红】秋梦

邢　晨

明黄暗紫任君裁，也波裁；高粱醉了两边腮，也波腮；娇容憨态迷人态，也波态。雁徘徊，细风来，懒云乖。月牙咧嘴乐开怀。

渔歌子·咏锡崖沟村二首

焦丽萍

一

世代躬耕不记年，铧犁划出好桑田。 愁暴政，避烽烟，至今留得一桃源。

二

喜得山中几日闲，峰峦列嶂阻尘烟。 水似玉，云如棉，清茶半盏醉篱边。

有感于移动公司科技当家

王静仁

洲际相逢不用槎，如今科技早当家。

吴刚才捧桂花酒，玉兔又驰探月车。

欣喜宽屏添异彩，怡情短信缀奇葩。

手机时下随身带，每有疑难便问它。

老年如诗

黄文忠

中年太累少年狂，最美时光属夕阳。
万丈红尘移海角，无垠天籁润诗肠。
含霜饮露枫林醉，沐雨迎风梅岭香。
千里蜿蜒歌做伴，川流入谱叹兴亡。

黄河纤夫赞

赵　愚

滔滔江水逆行舟，赤脚纤夫挥汗流。
旅客舟中观景好，应知岸上苦和愁。

【中吕·快活三带过朝天子四边静】迎春花

王美玉

风催幽梦残，雪里报春还。梅园欣与共为先，再赋云霞漫。

（带）近前，远观，弱影柔枝现。不择山地与平川，不与梅争艳。身在凡尘，多经磨炼，纤纤独影单。履艰，历难，始有清香暗。

（带）心生何愿？料峭春寒辞旧年。霓虹锦幔，乡村河畔，人家万象，已是黄花绽。

别样过中秋

胡永鹏

并州甲午中秋夜，万里银河转玉盘。
月饼香甜情意暖，罗衾绵软御秋寒。
今宵工友齐征战，他日家人聚合欢。
万盏华灯追满月，通天大道入云端。

雨霖铃·江风梳碧

康 强

江风梳碧，奈流光去，旧景难觅。船头楚调鱼韵，凭栏往事，划开夕色。艾草噙波荡漾，似屈子孤泣。去意绝、怀石柔躯，一跃江心泪何匿。　　人间自此风骚客，叹诗魂、一路空挥斥。雄黄酒酽谁醉，抛洒罢，曲香飞溢。借问苍穹，歌者何人拨乱琴瑟，望不断、千古风云，又几堆残迹。

【中吕·山坡羊】打工族探母

李文德

车新一部，人添一妇。风光千里探娘去。路杭苏，过香庐。迷人美景难停步。情感飞奔双父母。儿，修丽屋；尊，居幸福。

参加妇女节表彰会有感

杨静函

东风和暖撵春寒，苦乐人生又一年。
素手启开千载梦，红裙撑起半边天。
才情堪比李清照，英气当同花木兰。
古语而今别样论，谁说女子不如男。

植树吟

杨海平

垒石挖坑入地深，扶苗浇水盼生根。
荒山秃岭何时绿，好梦从来伴树阴。

农民工

刘文昌

何止工棚夜夜风,妻儿难舍别离情。
高楼封顶凭栏望,民族复兴美梦成。

农 务

弓福安

劳作始为本,食衣藉此丰。
朝随旭日起,晚伴夕阳红。
汗滴前襟湿,酒香秋后浓。
兴衰千古事,细品在其中。

采桑子·致老母

白海峰

缝衣灯下针针密,又过五更。方过五更,河岸濛濛起杵
声。 粮蔬担担沉沉挑,多少阴晴。多少阴晴,天地荒荒
一树青。

夜班里的胶囊工人

郭玉恩

机器隆隆响，深深入夜长。
明胶填罐里，产品摞箱房。
练就一双手，穿行几处廊。
白天思好梦，劳动美心芳。

鹧鸪天·垦荒

岳贵春

朝沐昕晖七彩光，暮披星月影成双。锹飞镢舞银锄落，日晒风吹细雨扬。　　瓜叶嫩，豆花香，施肥除草几番忙。躬身春种千滴汗，翘首秋收万担粮。

农民情

张成杰

未等鸡鸣已起床，一双茧手四时忙。
只缘追赶小康梦，犁罢春风犁夏阳。

消费思维品牌共创
——记汾阳王酒业品牌战略成果重庆发布会

魏耀鲜

金秋十月艳阳天，美丽山城聚俊贤。
行业龙头成果秀，汾阳王酒盛名传。
品牌共创开新路，消费思维拓互联。

勃勃雄心酬壮志，雄威再武看来年。

【正宫·塞鸿秋】农民工慈善情

张焜明

一

家居绿水青山下，梦萦贫困名声大。辛勤攒了钱一沓，爱心奉献情无价。攒钱为了啥？难友常牵挂。把钱就给灾区划。

二

东迎旭日西山下，爬高上过施工架。严寒修过拦河坝，不闻背后风凉话。善心怜爱娃，钱给山区划。任人笑俺瓜裆大。

赞环卫工人

吴玉莲

默默无言步履匆，风吹日晒自从容。
一杆青帚残星伴，四季黄衣尘土蒙。
肩瘦竟能挑雪月，背弯犹可织霓虹。
不贪名利不言苦，唯愿长街一路宏。

探春令·902公交司机春节早班写照

张永林

生生啼鸟，峭寒天气，东风传意。遍揩客座方欣慰。振笛赋，同城瑞。　　红装三五曦中莅，映南天竹熠。正是春，一祝融融，耕梦冷暖英雄泪。

诗词二首

梨

李保保

褪纱如玉落圆盘，通体无瑕芳可餐。
肌骨本来花蜜作，不知何处惹心酸。

木兰花·大学城环卫工人春节早班写照

缀天星，匝地锦。大道腾蛟空际饮。熠熠竹，瞰橘衣，帚声挥出兰芳引。　　淳淳一诺悠悠韵，料峭春曦耕美晋。拾来新岁贺花还，酿成翌日千红润。

诗三首

母 亲

贾亚琴

贤惠众人夸，端庄秀貌佳。
裁来龙凤韵，绣出水云花。
明礼恭筵客，知书巧理家。
俭勤能过富，日子美如霞。

网 银

汇款坐屏前，消除等号煎。
一枚优宝插，千里户头联。
数据云中过，真金宇内传。
嫦娥惊眼问，人类赛神仙？

乡 村

四面环山马做车，秋来红叶似朝霞。
果香弥漫莺声醉，幽境原为百姓家。

齐天乐·国防建设雄风振

阎定生

国防建设雄风振，今朝又圆新梦。甲午重逢，神州巨变，欣幸国家强盛。追怀溯远，日寇野狼心，屡侵边境。战火燃熊，九州华夏受蹂躏。　　东方狮醒呐喊，唤民千万众，行动捷迅。后继承前，拼杀血战，何惧倭人侵进。全民捍卫，钓鱼岛礁权，版图归正。戮力同心，看中华必胜。

箕城中秋

孙映东

千红万紫缀玄黄，灯海银河湿地霜。
高岸长堤歌荡漾，虹桥白塔影辉煌。
古楼流彩天流火，金凤美容山美妆。
仙境何须愁觅处，箕城月下映韶光。

晨雪·送友人出班

贺永明

银妆漫天地，步履惊山川。
路孤途寂静，皆为一线天。
除夕别高堂，百里书信传。
坎坷邮驿路，梦萦百姓情。

注：2013年除夕，我在下乡途中路遇乡邮员李邦师，他不顾风雪迷漫，从山下家中步行赶往20里外的邮政代办所，要在春节前投完所有的邮件和信件，感动之余写下此诗。

矿工梦

薄云江

巷道悠长阔步行，漆黑深井送光明。
汗挥如雨热血洒，只为千家更温馨。

矿工赋

高文海

天工开物，万灵生成；乾坤斗转，地蕴乌金。上溯石器时代，煤火始现；但被人类所用，便有矿工。一身黑乌，与煤同色；两排白齿，泾渭分明。脚踩侏罗之纪，身在白垩之中。巷道悠长，身蜷恰如满月；煤海幽深，群灯汇若星辰。汗雨涔涔，不晓灯红酒绿之旖旎；气喘吁吁，哪解花前月下之风情？淋水解渴，窝头充饥。处处共危险相伴，时时与灾害抗衡。穷尽一生，值不得单衣几缕；终其一世，只换来鬓颊霜饥。愁愁数载，但求饥寒能御；一朝休退，已是佝偻病躯。

呜呼！人分九等，王侯将相吹鼓手；芸芸众生，谁愿儿郎做矿工。

幸哉！侪辈生当斯世。国运日隆，民生昌济；广开千门，纳才各界。应国家大形势，开煤矿新天地。力求素质强身，提倡人文治企。更换新式装备，淘汰老旧工艺。岗前能手言传，知识充电；班中师傅身教，不吝巨细。枕边妻嘱，声嘤嘤，心盈盈；膝前儿盼，情怯怯，意切切；惟愿耳畔警钟长鸣，但将安全心中谨记。

大兴企业文化，营造和谐氛围；强化矿工素质，人人德才兼备。以人为本，安全第一；顺应潮流，分明条理。技术比武，群英角逐；矿工大赛，各显神威。条条井巷，机声隆隆，看乌龙跃出煤海；作业面前，笑语盈盈，再不用挥汗如雨。

八小时以外，各展所能。文艺园地，人人能歌善舞；田径场上，个个如虎似龙。执娇妻之手，看不够千般妩媚；携儿女一双，道不尽万般叮咛。花前月下，效城里人卿卿我我；灯红酒绿，谁敢笑我不似白领？

咦吁！昔日苦涩煤黑子，今朝技术新矿工。

情系《大露天》

向录珍

文苑百花争厅妍，情有独钟《大露天》。
创刊五年六十期，荟萃综艺体裁鲜。
辛苦编辑流热汗，培育作者登文坛。
平朔新秀年年出，两个文明户户传。
今日喜捧矿山杯，热泪盈眶语万千。
矿工刊物矿工爱，情系魂牵《大露天》。
生命有限志无限，且将余热献矿山。

诗词五首

独坐漫思

安立英

一坛浓墨平生友，万卷诗书骨肉亲。

学海浮游轻浅探，校园漫步试求真。
讲台三尺迎冬夏，粉笔一支伴此身。
春尽繁花结硕果，终觉无悔付艰辛。

破阵子·和平崛起中国梦

一

浩瀚山河似海，炎黄血脉如泉。民族复兴中国梦，跟党长征闯万关。艰难只等闲。　　实干精神焕发，英才荟萃争先。科技创新开富路，文武双臻谱锦篇。天堂美世间。

二

十亿军民浩荡，咚咚战鼓催征。千舸争先穿恶浪，万骏奔腾踏锦程。困难化彩虹。　　科技创新强国，振兴百业称雄。九宇华兵巡阆苑，四海神蛟探圣宫。行行建特功。

三

理想铭心矢志，冲天浩气昂扬。十亿雄才圆美梦，和党同行启智囊。勤劳谱锦章。　　播种春光万里，耕耘希望城乡。现代愚公开富路，科技新苗九野香。桃源福满堂。

四

文武双馨兴业，城乡兼顾描坤。科技创新强国梦，德艺求优壮党魂。桃源溢馥芬。　　四海涛悲怒吼，百年国耻铭心。百炼精兵臻智勇，地网天罗惧恶神。军民固域门。

五

革命从来无悔，最高理想铭心。为国掌权昌社稷，执政兴邦共富民。灵魂不染尘。 腐败毒苗铲掉，清廉花果芳芬。科技兴隆千业盛，经济繁荣万象新。乐园美子孙。

念奴娇·焦裕禄赞歌

郭茂清

望今兰考，景色美，山野梧桐成荫。丰功伟绩，怀念您抚摸焦桐泪泗。生战沙丘，沙丘埋葬，为着众乡亲。寒来暑往，常挂百姓于心。 颔首鞠躬尽瘁，视民如母亲。肝胆相照。亮节高风，廉洁两袖风清。为官一任，当造福一方，后人敬仰，千秋万代，光辉永远如金。

浪淘沙·有感企业劳模演讲赛

韩 莹

演讲热情高，撩动春潮。雄姿勃发上眉梢。名利淡泊功成就，奉献辛劳。 电苑育新骄，分外妖娆。明珠志士逞英豪。银线凌空穿万里，气壮云霄。

诗二首

张道仪

收割小麦

声势隆隆震沃原，收割小麦浪花翻。
青年驾机耘天地，老少车旁绽笑颜。
青梗排排傍垄睡，黄金滚滚肚中旋。
最为美丽农家愿，寄梦祥和富裕年。

光荣城市美容家

光荣城市美容家，晨色熹微落彩霞。
街道除尘增亮丽，公园清扫焕芳华。
泪珠满面不觉累，尘屑沾身似戴花。
环境美观心内喜，园林城市靓天涯。

【正宫·塞鸿秋】赞焦裕禄

弓香然

青松品性风难耐，泡桐屹立根扎隘。焦公奉献英魂在，防洪抗涝作表率。盐滩绿树栽，碱地留得爱，魂牵兰考功勋盖。

迎国庆百姓说出心里话

李彦斌

一

谁说浮生总是空，飞花自在耀其中。
安分守己思常乐，不忘翻身午夜钟。

二

劳碌人生不是空，南来北往走西东。
国家富裕农家旺，铭记恩人万世功。

三

说不空来就不空，今生美景赛霓虹。
食衣行住民矫健，总是朝阳日日红。

【正宫·叨叨令】俺家黑蛋人人赞

俺家黑蛋人人赞。天天下井心牵炭。从来没有悲天叹。一心一意晨星伴。不迟到也么哥，不早退也么哥，吟煤唱炭歌声漫。

诗二首

刘文昌

电工情

难忘当年老虎称，上墙爬杆又穿绳。
凭空传递正能量，在线聊天梦里情。

矿工吟

入地采煤亦有情，犹如做梦窜龙庭。
虽居坑下暗天日，磨出电光四处明。

诗二首

吴定命

参观延安归途赋得黄河壶口瀑布

闪闪龙鳞天上来，挟风带电滚如雷。
摧云破雾谁能敌，越岭攻岩志未摧。
挥洒千秋成碧野，奔腾九曲育雄才。
纳流唱海东方举，迎日扬红不复回。

游白洋淀忆雁翎队

万顷波涛逐浪翻，苇芦如堵水中央。

港湾错落凫常霍，荷叶参差藕自香。

夕照白波成彩羽，晨吹红盏泄流光。

雁翎昔日精神在，世代中原有铁墙。

诗三首

郝金樑

读习近平同志缅怀焦裕禄词感怀

春风又绿泡桐林，榜样原来永驻心。

但享民言凭过去，当查吏事看如今。

黄沙尽愧家园地，薯叶终成父辈音。

五十年中多寄语，念奴娇里为君吟。

雷锋祭

春风几度唤梅开，五十年前赞誉回。

榜样犹闻凭志气，精神再造赖良才。

千千好迹无名氏，万万凡人也姓雷。

但愿忠魂从此祭，中华美德与时催。

红旗渠

渠开豫北流，一揽万山收。
旱涝无颜去，丰盈此地留。
悬崖心甚愧，懒汉面当羞。
精神传代代，拭眼说林州。

诗词二首

张月玲

南乡子·暖冬

小别又相逢，残翠虽消暖意融。回首为寻松竹韵，隆冬，冰水澄沙细细功。　　今日与谁同，酒未空杯曲未终。雪染两鬓休道冷，霜风，未使寒潭隐潜龙。

赞广播电视工作者

莺歌燕语自传神，闪亮荧屏耳目新。
继晷焚膏添快乐，披星戴月写艰辛。
心藏锦绣雕龙客，口吐珠玑演艺人。
广电传媒时送暖，人间处处有芳春。

散曲二首

李文德

【越调·天净沙】夏日农家素描

葫芦茄树繁华，梨桃挤挂枝杈，红杏嬉嬉笑耍。家乡如画，手机摄下归咱。

【正宫·叨叨令】黑哥坑下乐开怀

光明总被崖石盖。煤刀机器切割快。水凉加上青菠菜。黑身不顾平生爱。送去光明也么哥，为国争光也么哥，俺能奉献春常在。

鹳雀楼

韩文元

闲云楼半起，澎湃泻中条。
休念苍穹阔，心潮逐浪潮。

诗二首

王敬仁

贺太原中环路建成

日新月异非夸口，破旧立新诗抖擞。
才见金蛇揭地钮①，又随梦蝶摘星斗②。
环城有路红灯朽，高架无河银燕走。
人若有情天做友，百年国庆再回首。

注：①北中环桥三十条匝道纵横交错如蛇揭地钮。②西中环高架桥形同一只巨大蝴蝶吟风踏浪摘接星斗。

有感于移动公司人性化管理

岁月峥嵘万象新，机房无处不逢春。
墙文化咏员工志，生日卡涵移动亲。
悦耳铃声传喜讯，温馨提示解迷津。
人间自有真情在，天道酬勤信是真。

环卫工人

雷秀芝

戴月披星薄雾低，寒风扑面鸟初啼。
手挥扫把频频舞，街巷妆成待晓曦。

会徽之光
——由中国总工会会徽所想到的

袁培智

中工字正最腔圆，满眼星光歌普天。
聚气凝神吹号角，捧心祝梦荡旗帆。
承前启后春江渡，继往开来圣火传。
治国安邦跟党走，复兴大道再登攀。

辐防战歌

张道仪

献出青春，献出忠心。我们选择核工，无怨有情。
服务社会，开拓创新。我们献身辐防，永作尖兵。

大漠荒原，科海云天。我们四海为家，永驻丹诚。

保驾护航，两弹一星。我们践行梦想，竭尽倾情。

蓝天碧水，与时俱进。我们世纪同行，万代福荫。

【仙吕·忆王孙】天涯抒怀

李智旺

清莲自爱傲山峰，石鼓无声惊世人，游客有谁不净心？

笑贪虫，狂敛银山奔鬼门。

诗词二首

黄文忠

九九登高

红叶黄花秋色浓，重阳携侣崛峒行。

烟霞袅袅千重幻，舍利巍巍一念撑。

芳草琼花香寺院，晨钟暮鼓荡晴空。

流泉应晓骚人意，石上潺潺颂太平。

浪淘沙·建国65周年喜赋

花海簇龙城，万里晴空，蓝天碧野展星旌。载舞载歌今又是，喜气盈盈。 改革换新容，处处春风，人间奇迹笋样生。好景千重看不尽，追梦龙腾。

满庭芳·国庆抒怀

席　虹

叠翠流金，秋高气爽，盛世歌舞升平。百年激荡，方海晏河清。华诞流光溢彩，嫦娥舞，蟾桂折英。蛟龙潜，龙宫探宝，深海亮五星。 峥嵘，观万象，九州巨变，举世咸惊。江山灿华光，政简廉明。志士仁人献策，绘锦绣，凤管鸾笙。中国梦，环球信步，与世界结盟。

山西师大短歌行

王林博

尧都平阳，华夏一邦。
棉麦之地，膏腴之乡。
梅花落英，剪纸缤纷。
蒲梆弹唱，锣鼓威风。
青青子衿，悠悠学莘。
唐宋贡院，求贤传称。
四舒开阔，倚园俯揽，
但为师范，两州至今。

基础教坛，育贤培英，

教为血肉，质为始终。

本硕博俱，产学研合，

谨学精研，风儒雅颂。

龙祠华门，唯才是重，

校有嘉宾，捧火传薪。

山不在高，水不在深。

俊才星驰，天下丹心。

秋 夜

周泽飞

山高天易晚，人淡月低楼。

暮色入经幡，疏影动渔舟。

泉上寻苔菇，树下遇白叟。

对饮一盘棋，无须弄箜篌。

中国梦

李俊峰

中华兴盛万年强，世代讴歌不朽章。

壮志雄襟施锦绣，豪情满腹创辉煌。

征途业绩丰笺墨，科技功碑蓄卷光。

飒爽秋风时正起，团圆国梦壮炎黄。

火花海

田梦娇

云生锦竹竹生烟，海接天水水接山。
鬼斧抉开通灵玉，神剑敛碎沧海天。
皓月溪园笼秋荷，亭廊琴声拂乱拨。
桃花笺上美人词，合扇提笔亦难和。
抑郁归舍独敝卧，梦至明清怡红过。
画唇初露玉莲生，偷学古人欲作歌。

中国梦

孙志军

忆往昔岁月，历历如昨。汗水泪水，欢歌悲歌，翻涌脑海心河。千里大运，百里太行，光明大道，穿山越岭，三晋今朝崛起；交通大枢纽，辐射九州，通达四方；车如流水，灯似繁星，恍如在梦中；潜龙腾渊，四海慑服，实现中国梦。

中国梦

阎关山

一梦中华气势观，神州大地锦花坛。
官廉国泰民声壮，水秀山青舜曲欢。
荏苒时光斟墨韵，沧桑经历遣笺端。
柔丝缕缕心澎湃，时发情狂作赋刊。

圆　梦

杜殊昕

华夏文明起中原，炎黄文化五千年。
地处东亚括九州，号称天国屹世间。
尧舜禹汤三代后，春秋战国一统前。
贞观康乾称盛世，唐元前清广疆域。
强邦衰落晚清事，老病缠身倾颓缘。
百年复兴强国梦，根除老病生机添。
唤起工农十四亿，五位一体振家园。
失土收回兄弟合，重启中国新纪元。

【仙吕·四季花】小康日子乐无穷

邢登科

百花吐艳启新程，华夏展新容。神州奋起同圆梦，美景动诗情。望前程，小康日子乐无穷。

【仙吕·一半儿】三春鸟语话和祥

王文厚

三春鸟语话和祥，满院泠风融墨香，皓首含情抒妙章。看山乡，一半儿娇柔一半儿狂。

赞环卫工

张俊祥

三轮扫帚伴晨星，雨里橙衣耀眼明。
只为街容常亮丽，一身汗水万般情。

散曲二首

张玉武

【仙吕·一半儿】鱼歌

轻舟爱动水云间，一曲渔歌天上旋，谁入江风谁入缘。赛神仙，一半儿辛劳一半儿欢。

【越调·天净沙】山村美

莺歌燕舞山乡，鱼跃蛙跳河塘，舒叶繁荣碧壤，农桑新酿，清醇再谱端阳。

【正宫·塞鸿秋】小康梦

段召然

春风阵阵清凉散，骄阳照耀河山灿。虫鸣鸟唱溪流伴，农村换貌百花绽。繁荣硕果香，四野祥和炫，小康喜迈农家院。

【中吕·山坡羊】新农村建设

王云飞

春雷跌宕，惠风和畅，大街小巷文明创。扩河塘，改危房，村南村北变新样。好事连连人敬仰，你，奔小康，我，书曲章。

散曲二首

邢晨

【双调·沉醉东风】贺《中国当代散曲》创刊

衔春燕乘风万里，返青藤染翠千畦。布谷催，百灵戏，曲声声号角金笛。柳暗花明曲径崎，喜今日飘随纛旗。

【越调·寨儿令】春

开不全，野花滩，埂边露珠吹欲屏。昨夜风残，乍暖还寒，远处牛鞭。早牧人乱甩羊铲，雾朦胧难辨云烟。鸟啾村后去，雁阵赶云前。喧，谁在杏花园？

【越调·天净沙】家乡

段翠林

秋风秋色秋天，田园树木山川，挂绿披红耀眼。风光无限，云中一片斑斓。

长相思·今昔两重天

张玉云

累一年，苦一年。缺吃少穿外债缠，庶民心里寒。乐一年，喜一年，饱暖丰足兜有钱，心中比蜜甜。

词曲三首

【中吕·十二月带过尧民歌】

张全堂

华夏神州破晓，改革开放旗招。民族复兴路遥，倡廉反腐气豪，廉风卷，汹涌怒涛，除四风腐败难逃。

【过】神州千里彩云飘，科技发展破云霄，"嫦娥三号"上天骄，破浪乘风荡春潮。自豪，中华尽舜尧，同步阳光道。

【中吕·喜春来】山河唱响中国梦

山河唱响中国梦，曲韵声声上九重，惠农政策顺民情。人赞成，四海尽欢腾。

长相思·原平乡村图

春风柔，碧水流，青树红花映小楼，黄鹂树上讴。早荷锄，晚归途，舞步秧歌哪管羞，欢歌笑语稠。

入围作品

【正宫·叨叨令】老妪写诗

段自然

婆婆写诗迷心窍，丢开饭碗嚼诗道，梦中还在学宫调，公公迷眼来嘲笑。写诗也么哥，作曲也么哥，研平究仄开心窍。

词曲二首

赵艳丽

【中吕·山坡羊】诗画原平

桑麻勤种，诗弦常弄，稻香曲韵金风送。话乡情，绘乡容，青山绿水神仙境。众绣宏图如意景。你，好梦盈。我，好梦盈。

满江红·卢沟桥吟

遥想卢沟，倭寇孽、滋起祸端。神州地、乱云翻卷，涤荡硝烟。涂炭生灵天震怒，蹂躏国土众冲冠。好男儿、亮剑鞘生寒，惩恶顽。　　东征战，挥百团。英雄史，万年传。铁骨铮铮烈，壮我河山。浴血八年驱虎豹，赢来华夏换新颜。庆神十，揽月上苍穹，国梦圆。

【双调·太平令】新风赞

王玉莲

廉政剑，贪腐根斩。变作风，正气弥漫，民生谋划听群见。八项现，四风落散。路线，自谈、节俭，党风变，富民国健。

【仙吕·一半儿】新村圆了我的梦

杨秋香

街街绿化嫩荫荫，大厦高楼院院春，新貌新风沿路伸，小康村，一半儿移风一半儿新。

【中吕·山坡羊】小康生活神仙慕

邱梅兰

桑麻禾粟，鸡鸭猪兔，幸福缀满园中树。这边蔬，那边葡，身前身后开心处，玉米高粱随富舞，今，家院储，明，钱袋鼓。

鲲鹏梦
——写给大西高铁

刘虎瑞

极目通衢飘彩练，秦风晋韵两相连。
国人多少鲲鹏梦，犹若长虹飞碧天。

五月颂

阎培和

喜庆佳节笑口开，频传捷报载歌来。
复兴华夏酬新世，着意春风任剪裁。
清正廉明抒雅韵，肃贪反腐荡尘埃。
图强奋发美圆梦，锃亮斧镰瞻俊才。

劳动光荣

姜 诚

满腔希冀沁吾侪，一片冰心畅未来。
歌赋诗词抒广阔，东西南北写情怀。

辛勤劳动新园建，前景辉煌大业开。
更喜中华长眺望，宏图高远笑迎腮。

诗词二首

张靖章

乙卯年在播明村蹲点（新韵）

牧马河边春泛滥，划畦垄堰地头忙。
笑寻农艺增收事，闲亦无暇话近常。

江城子·读村官段爱平事迹报导感赋

举国上下看平平，女中龙，九霞腾。最美村官，赤胆映乡情。百万家财为"返底"，身患症，忍如农。　　平平如镜似长虹，照身形，正心诚。"四面"镜子，照汝体通明。一颗红心为大众，强赤县，美心灵。

参加山西省工行书画展有感

雁　萍

迎春书画展龙城，佳作纷呈艺彩浓。
翰墨流香歌盛世，丹青舞动颂行风。

新手拙笔描远景，老将挥毫绘锦程。
企业争先文化聚，创新开拓话飞腾。

劳模休养感怀（新韵）

冯白兔

抓肉尝茶策马奔，劳模休养爽心神。
草原美景难描细，衙署青城易写深。
如意河中飘乐趣，清真寺内荡新音。
和谐汉蒙豪情壮，进位争先再建勋。

改革开放赞

薛延龄

春天故事唱成真，灵曜东方万木春。
华夏腾飞惊世界，洋人今日学华人。

秋游辉腾锡勒草原

郝晋传

辉腾锡勒秋风劲，云淡天高四野茫。

下马酒甜游客暖，迎宾歌亮奶茶香。
风车霍霍牛羊壮，劲舞翩翩篝火扬。
萍水相逢虽短暂，真情厚谊满行囊。

国梦萦怀

胡宝珍

时逢澍雨景犹新，境界为开化至臻。
世事千般藏定数，禅茶一味解迷津。
挥刀斩棘天行健，信笔涂鸦墨写真。
恬梦悠悠家国盛，襟怀坦荡做贤仁。

故乡忻州行

司翠婵

金山横北郭，云水绕城东。
晋北吉祥地，旱涝五谷丰。
国道环周城，高速通四邻。
街宽行六车，楼生碧绿中。

改革撑起中国梦

范梅亭

开放征程以上鞍，反贪清腐战犹酣。
内贼无处可逃遁，民意有因皆欢喜。
制度科学奠兆业，核心价值惠千年。
中央擎起中国梦，百姓追随定会圆。

小村风景

王妙峰

清河碧水染新图，倒映荷莲湖上浮。
旭日腾云呈异彩，春来杨柳画中抒。

农家小院

陶爱平

窗含美景映新房，万紫千红满院香。
豆角黄瓜齐上架，农家巧妇写诗忙。

汗湿福

魏晋东

晨曦千树映朝晖，万点新光染翠微。
换取蓝装多虎气，还查盔帽少唇绯。
轻捶漫抹淋漓汗，笑语欢歌绕梁飞。
燕子西来红豆送，闺中碧玉待郎回。

鹧鸪天·航天梦

牛末生

月瘦星稠万里欢，遨游银汉漾漪澜。搅惊深殿千年睡，
摘采明光众志坚。　　追旭日，踏重山，一身豪气鬈斑斓。
滔滔激浪翻飞越，泻洒凡间九域甘。

矿　工

张　阳

千叮万嘱下矿井，万家灯火夜已眠。
妻儿盼归母担忧，终日劳作不知天。

围炉夜坐话家常，其乐融融织女羡。
命履薄冰不觉苦，为国为家心也甘。

凤矿四章

王中一

创业篇

风雨矿山几十年，豪情依旧忆烽烟。
拓荒个个有钢骨，扛鼎人人凭铁肩。
敢教蓝图成矿井，甘为祖国谱新篇。
情殷华发泪痕湿，无愧青山无愧天。

发展篇

跨越转型大舞台，火红大幕正拉开。
报春短信频频至，不尽煤流滚滚来。
老矿岳城即赛场，龙湾凤泰尽人才。
运筹帷幄谋发展，再展宏图好壮哉！

愿景篇

百尺竿头跨越难，凤凰山矿再扬帆。
年轻领导有魄力，奋发员工勇闯关。
市场潮头迎巨浪，八仙过海自翩然。

再描创业新图景，世界高峰咱敢攀。

和谐篇

老叟心宁退隐闲，晚年幸福享林泉。
中心广场喷珠玉，水上公园荡小船。
汉阙每登思魏晋，棋牌馆里不知还。
矿山处处美如画，咱在画中赛神仙。

满江红·大地春回

齐 榕

大地春回，中国梦，翱翔霄汉。谁可料，近邻生事，恶魂难散。信口雌黄频挑衅，招魂战犯强修宪。势嚣张，傍幸美扶持，狼心现。 跳梁丑，逞妄念。逾甲子，山河换。看中华儿女，怒如涛卷！若敢伸头来试剑，新仇旧债一齐算。怎容尔，纳粹梦重温，前车鉴！

清平乐·出路

谭张俊

出路何处？晋煤人清楚。减员提效非本初，挖潜增效良策图。奋力开拓市场，聚力凝心向前。迎来寒冬曙光，实现晋煤梦想。

秋游红崖大峡谷

刘计亮

牛角鞍上

飘然太岳顶上行，似有苍龙天际吟。
回首奇峰相揖笑，俯瞰群山列儿孙。
远见长林卷轻雾，近寻野花贻美人。
原上荒草铺寂寂，壑间松柏列森森。
乍觉日朗惊云淡，偶感寒意怨微风。
瑶池胜境眼前在，何须遥羡武陵春。

劳动赋

段永贤

大哉劳工，伟乎民力。历史车轮，人间奇迹。财富源头，文学主题。社会依托，进化枢机。催生语言，发明工具。创造人类，沟通交际。成就文化，奠定国基。亚非拉美，万国一理。宋元明清，代代相袭。五行八作，闾巷社区。道路房舍，衣被家具。耕耘稼穑，砍柴打鱼。挖煤采矿，筑路开渠。数不胜数，举不胜举。改造环球，辉煌世纪。烁古耀今,感天动地。大千世界,谁堪比拟?衣食住行,南北东西。纸墨笔砚,油盐柴米。琳琅满目,鳞次栉比。离开劳动兮,民生何依?割断劳动兮,何谈生机。凭一双双老茧手,文明方薪火传承;有一代代劳动者,人世才春秋代序。

劳动乃人类与动物之分野,双手谓文明和智慧之根系。建筑日阳光共夯歌之定格,财富是民族及历史之记忆。打破砂锅问到底,一从盘古开天地:北京猿人,新旧石器。钻燧取火,以佃以渔。填海精卫,射日后羿。补天女娲,治水大禹。移山愚公,播谷炎帝。神话传说不啻远祖之名片,犁沟城郭是谓烝民之手迹。敦煌石窟,泰山天梯。丝绸之路,苏杭鱼米。四大发明,书画琴棋。诗词曲赋,歌舞戏剧。茶马古道,湘桂灵渠。乌镇周庄,宏村西递。噫吁戏,咸阳城,郑国渠。赵州桥,浑天仪。颜柳墨,李杜笔。颐和园,值万亿。圆明园,血汗砌。布达拉宫雄赳赳,乐山大佛笑眯眯。避暑山庄山河美,福建土楼土而奇。万里古长城兮,功高尧舜禹。京杭大运河兮,古今新水系。新疆坎儿井兮,曰戈壁神渠。京华紫禁城兮,集大成之地。临潼兵马俑兮,犹望尘莫及。四川都江堰兮,誉千古独奇。始信乎劳动神圣,劳动广益。君不见凡有人烟,皆留足迹。小到禾苗,大到机器。柔如绣花,刚至镌玉。亭台楼阁,稻麦黍稷。锅碗瓢盆,杈耙耧犁。尊崇劳动,天经地义。热爱劳动,人生真谛。刮目相看,非凡意义。排山倒海,改天换地。推陈出新,日新月异。汗流浃背,来之不易。有道是:劳动光荣兮,剥削可耻;高尚锄头兮,神圣"五一"。坐享其成者,不稼不穑;英雄模范人,可歌可泣。

翻开廿五史,走进岁月里。杭育连嗨咗,感叹亦唏嘘。

垄上扶犁儿，手种腹长饥。君看一叶舟，出没风波里。窗下织梭女，手织身无衣。鳞鳞居大厦，十指不沾泥。晨兴南山理荒秽，荷锄戴月；晓驾炭车碾冰辙，牛困人饥。昼出耘田夜绩麻，农家无闲日；美人首饰侯王印，来自沙浪底。农夫躬耕垄亩，起早摸黑，一身汗水滋育出锦绣田园；资本来到世间，从头到脚，每个毛孔都滴着肮脏东西。哀民生之多艰，长太息以掩涕。偷闲一刻是乘凉，走出门前炎日里。苦恨年年压金线，勉为他人做嫁衣。由来苛政猛于虎，捕蛇者说；任是深山更深处，难避徭役。泰山挑工硬扁担，长江纤夫半裸体。草原牧民马背上，煤铁矿工坑道底。心忧炭贱愿天寒，荷锄日暮还灌畦。山里农夫茧手茧足，海边渔民风里浪里。脚手架上风吹日烤，纺织机边一天百里。风雪夜归人，孤身形影相吊；清明上河图，百工川流不息。千人糕上何止千重汗，百家姓里多少百衲衣。漂洋过海淘金梦，千辛万苦华工泣。

呜呼！包身工，卖身契。汗津津，喘吁吁。破草帽，烂蓑衣。挑扁担，扶木犁。赶马车，驭驮驴。干腌菜，粗糠米。一身土，三顿稀。满掌茧，两腿泥。挖煤工，蜗地底。摆渡汉，顶风雨。老农民，光背脊。小童工，脏兮兮。赤脚板，卖力气。爆青筋，瘪肚皮。支公差，服劳役。累趴趴，悲戚戚。篷门陋巷，茅舍竹篱。砖瓦窑中，稻粱田里。铁匠炉火，教师粉笔。船工桨影，牧人马蹄。低矮作坊，无尽天地。百种职业，各色活计。巨似隧道，长若河堤。粗至铸件，细如灰泥。不避粉尘，不辞苦力。甘于寂寞，坚守偏僻。风霜雨雪，颠沛流离。荒年暴月，号寒啼饥。日日辛劳，不得有余。层层盘剥，所剩无几。剩余价值，一本万利。溽热气腾腾，晓寒露凄凄。尘霾雾蒙蒙，夜路黑魆魖。侯门深似海，苦命微于蚁。烈日火辣辣，咸汗一滴滴。财主与东家，不劳而获取。长工与佃户，劬劳卖苦力。寒舍惜糠菜，朱门恣奢靡。嗷嗷待哺乎，坎坎伐檀兮。躜突乎南北，叫嚣乎东西。民谣民谚，短韵长腔郁积怨；三吏三别，字里行间涌哀戚。衙门之内无清白，覆盆之下多冤狱。脸朝黄土背朝天，汗在流淌血在滴。赤日炎炎似火烧，山路弯弯如天梯。万喜良血肉筑雄关，孟姜女千里送寒衣。编席老翁愁无床席，哺乳奶妈卖儿鬻女。新来县宰加朱绂，便是生灵血染；一将功成万骨枯，绝非诗人比拟。总有特权人，变着法聚敛财富；不是养蚕者，焉何着满身罗绮？终岁耕田食不果腹，一世淘金家徒四壁。劳力者苦，肉食者鄙。地主恶霸赛虎狼，贫农雇农若奴隶。凶如黄世仁，坏似周扒皮。艰难高玉宝，恓惶白毛女。刘文彩水牢惨无人道，南霸天酷刑痛入心脾。劳工生存千般苦，人耶鬼耶？新旧社会两重天，或悲或喜。不劳而获最可耻，唯有劳动拓生机。揭竿而起均贫富，走投无路为生息。苛捐杂税，官逼民反；民怨群愤，势如决堤。水能载舟，亦能覆舟；月晕而风，础润而雨。何方可化千亿身，助黔首跳出水火？安得广厦千万间，将天下寒士大庇。一唱雄鸡天下白，红日喷薄透天际。春满华夏人间世，一九四九十月一。

阿芙乐尔号一声炮响，给我们送来马列主义。革命烽火焚囚笼，红旗卷起农奴戟。中国共产党，开辟新天地。推翻三座山，解放生产力。丹心昭日月，功劳光大地。建设新中国，工农齐奋起。孟泰工作法，梁军拖拉机。春风荡神州，大江东流去。行行有榜样，处处传火炬。男儿报国兴大业。前头飘飘是红旗。王崇伦、李顺达、吴运铎、时传祥、王进喜、张秉贵、华罗庚、师昌绪。巾帼花开真善美，敢教山河蔚虹霓。田桂英、赵梦桃、蔚凤英、邢燕子、郝建秀、申纪兰、郭凤莲、李素丽。岗位无贵贱，步步上阶梯。工农讲联盟，收入论难易。男女同工酬，宪法立规矩。各尽其职责，各得其收益。刮目看神州，今朝非昔比。大会堂，红旗渠。大亚湾，小浪底。长江大桥，淮河湿地。三北林带，沿海特区。北调南水，东输西气。青藏铁路，秦山电力。地上车船，空中飞机。丰收粮仓，繁华都邑。与时俱进，世易时移。大庆油田似泉喷，三峡大坝如壁立。两弹一星惊世界，神舟飞船访天宇。高铁稳稳通而顺，地铁隆隆来又去。建筑工地似星辰，民工队伍如潮汐。转眼一天一个样，谁蘸彩墨舞画笔？

　　一件商品，几十道生产工艺流程；一项发明，千百年思维接力传递。一幢楼厦，多少个工种协力合作，一台汽车，数不清人手承载创意。工业学大庆，农业学大寨；承包有小岗，致富有华西。虎头山上铁姑娘，崇武乡间惠安女。水稻田里袁隆平，爱心联队郭明义。中国航天钱学森，中国植被吴征镒。神八神九航天梦，银河天河计算机。体力劳动不辞苦脏累，脑力劳动崇尚新巧奇。前者拿力量维系生存，后者用智慧解决问题。一方依赖辛勤加劳碌，一方凭借才华与技艺。或如硬件之不可或缺，或如软件之无以匹敌。你扑下身子鞠躬尽瘁，他运筹帷幄决胜千里。几年如一日比比皆是，四两拨千斤绰绰有余。从原生态小生产时代，到数字化高科技领域。默默无闻，生生不息。汗流浃背，脚踏实地。披星戴月，不卑不屈。人权天赋就兮，幸福靠自己。胸中有理想兮，苦累甘如饴。事事凭劳动兮，人人握权利。市场任选择兮，贡献见高低。奔忙为实惠兮，话语显实力。劳动加民众兮，天下全无敌。

　　如果没了工作者，一朝缺乏生产力：机器熄了火，禾苗落了绿。车船抛了锚，水电稍了息。蔬菜黄了叶，电脑死了机。银行关了门，商铺向了隅。教师下了课，医生脱了衣。触目一派死沉沉，城乡水陆无生机。须知士农工商皆相辅相成，离不开我也离不开你。八仙过海各显其能，声气相求同舟共济。哪块蛋糕不是千人劳动，哪条链上没有万家牵系。缺一环难承前后上下，牵一发而动大局总体。付出与收入，何时成正比？脑力与体力，何方达默契？在岗与离退，谁人不生息？世人同此心，人心同此理。今夕何夕：曾闻黑砖窑，惊现童男女。是耶非耶：出力不赚钱，赚钱不出力。正劳动积蓄正能量，歪心眼寻找歪空隙。真本领打造真繁荣，伪生产虚构伪经济。历史有进退，人群分阶级。一周俩礼拜，一年几假期。农业免税收，社区有安居。德政稳人心，财富昌国力。遗产肩承载，建设光世纪。

　　劳动乃一切知识之无穷源泉，生存是人类社会之不二真理。七十二行，行行竞相出状元；三百六十五天，天天都有好消息。中国梦里小即大，奋进路上我和你。科学提速度，发展壮实力。腐败生肿瘤，清廉固政基。民心系家国，乾坤尚正气。汗水秀春色，劳动致富裕。文化也是火车头，科学堪称生产力。车间不止出产品，耕耘正未有穷期。我为人人人人为我，有钱出钱有力出力。真善美功德百世流芳，假丑恶罪行遭人唾弃。一切都要过去，留下鸿爪雪泥。劳动创造历史，人民主宰社稷。生命诚可贵，劳动胜拱璧。贡献有大小，行业无高低。劳动法规范人力资源市场，劳动者拥有生存发展权利。自强不息永向前，与时俱进勤砥砺。乘风破浪树理想，寸阴是竞学科技。人人挺脊梁，个个长志气。高高放眼界，好好跨步履。狠狠下功夫，处处抢先机。稳稳跻一流，岁岁谋大计。人财物，俱给力。精气神，争朝夕。互联网，计算机。数字化，多媒体。大视野，高效率。智能机器人，三D打印机。科学发展观，先进生产力。风发枝丫秀春色，时来天地皆同力。凯歌唱彻三步走，朝霞映红五星旗。神州雄起中国梦，众志谱写交响曲。民族复兴展愿景，凭我炎黄十三亿。劳动万岁万万岁，兴来纵笔颂"五一"。

蝶恋花·三晋儿女谱新篇

王建武

三晋儿郎三千万，尧舜精神，甩膀齐心干。百年商道茶路演，一方热土金不换。　　能源域中图嬗变，万转千回，牢骚防肠断。潮平岸阔扬征帆，舟舻千里弦歌赞。

江城子·晋风

景旭波

苍云劲舞叶翻飘，岭迢迢，莽遥遥。太岳巍巍，揽一襟晚照。故道驼铃烽火冷，车辚辚，马萧萧。　　鸹归古槐汾水浩，韩魏赵，禹舜尧。九曲一湾，淘不尽英豪。义胆忠肝三千万，同梦想，再今宵。

山河壮美人更美

贾国强

中华文化，源远流长，通古烁金，博大精深。

神州故土，壮丽山川，物美人和，群星闪耀。

中华上下五千年，悠悠历史长河，多少兴盛往事，俱往矣，数盛世之典范，还看今朝。

步入新世纪，共筑中国梦。赞美劳动树新风，携手梦想迎未来。祖国大地，生机勃勃，流光溢彩，成绩斐然。长江后浪推前浪，事业更上一层楼。举四海而望苍穹，邀明月而鉴大地。东海之滨，林海之深，沙漠之洲，高原之巅，机器轰鸣，人员忙碌，一片生机，成绩显著。大地生辉，江河共鸣。劳动赞歌在唱响，盛世伟业启序幕。

劳动者，时代先锋，奋发图强，拼搏向上，书写人生，挥洒青春。为理想拼搏！为梦想倾注！为祖国奋斗！新时代长征路上，展现多少豪迈之歌。为锦绣中华添砖加瓦！为美丽中国奉献自己！劳动托起梦想，梦想成就未来！时代的最强音已经爆发，建设美好家园，共迎中国梦！

谒介子推墓

宋　旭

栖贤谷内柏森森，思烟台畔柳沉沉。
游龙独思逃亡恨，寒鸦尚忆割股臣。
幸有佳木栖忠魂，恨无明月照此心。
清明烟雨暗千冢，四海寒食为一人。

诗三首

郭宏伟

阀　门

奋勇争先不顾身，柔情早已荡无存。
当阳过界非他路，楚汉通关独此门。
涩轴孤吟声带韵，轮盘一转水无痕。
多年未动腔中老，锈死英雄足可尊。

热交换器

尺半方城两道墙，迷宫一座百回廊。
锋藏印谱三千帖，笔走龙蛇十二章。
生性清廉真铁面，襟怀坦荡热心肠。

任凭水自胸中过，历尽人间炎暑凉。

换热站值班感作

这等闲身宁不如，浑然好似在瑶都。
机声犹是阳关曲，数字还当物理书。
罐洗乾坤心乃大，情牵黎庶梦全无。
晨曦暮霭咱先赏，银子虽微尽可图。

【中吕·山坡羊】晋中

李江垚

东峦西峻，交相辉映，山川四宇群英动。望晋中，意气浓。 千峰内外群雄颂，以义致利都接了景。兴，晋商领；迎，晋中领。

重阳四咏

曹建文

莫道夕阳不久长，中天过后更辉煌。
一袭霞染碧空尽，隐去乌云与晦光。

莫道夕阳光景寒，而今正遇幸福年。

生活医药皆无虑，日日开心寿自添。

且贵且珍度晚年，天天乐伴永无烦。
光阴如若蜜糖水，甜在心头梦也酣。

尊亲孝老理当然，育女养儿千万难。
跪乳羔羊犹可敬，今人何不效先贤。

巴里坤中秋

孙映东

天马故乡甘露昌，连绵相接阆巅梁。
潺潺流水顺坡下，片片松林间绿秧。
南望雪山轩朗朗，北凝草地野茫茫。
瑶池宴上中原绣，奶酒酥油桂馥香。

癸巳中秋夜杂感

高博生

静待冰轮挂碧天，中秋初夜坐窗前。
蟾宫彩溢明如镜，笔者诗潮涌似泉。
人到无求人自美，月因有梦月常圆。
嫦娥再度升空探，科技尖端我领先。

浪淘沙·凤凰山

赵承斌

大雨润山川，秋意阑珊。凤凰三塔入云端，蓦然回首景色艳，一望无边。　　巍巍太岳山，亘古绵延。岭南昨夜起硝烟，飞落银蛇舞山冈，碧海蓝天。

题为国增光之举重运动员

周旺斌

千般苦志万般难，汗水泪河心底藏。
力举千钧拔山势，撑天大任一肩扛。

教师节有感

高建强

胸藏万卷博古今，手执一鞭塑身行。
呕心无怨培桃李，沥血任劳乐清贫。
痴念每伴三更月，虚怀常系六尺缨。
寒梅翠竹报春色，飞雪流霞染双鬓。

破阵子·咏潘掌

赵海周

盈口牌楼扑面，青山绿水相迎。洒尽风骚沾岭韵，染透层林泼墨声。漫山红叶争。　　静静碧空清爽，繁繁大地存荣。万里山河先辈守，千古功过后世评。潘杨共一羹。

云岭之南

杜丽春

龙腾华夏七彩云，阳春三月石林行。
春风拂面赏翡翠，鲜花笑迎客家人。
苍山脚下观雪景，洱海明月照古城。
大理三塔崇圣贤，映象丽江展风情。

桃花红

王　泉

杏花开过桃花红，吾自徘徊丛林中。
独对山花不作声，待到西山夕阳红。

古风·颂工农

付晓霞

若问如今谁最行，辛勤不息数工农。
春日旋耕兼播种，夏日除草保苗青。
金秋十月君试看：片片田地热浪涌，
个个粮仓硕果丰。自古生民食为天，
丰衣足食心不惊。幢幢高楼拔地生，
道道铁轨便交通，块块乌金送温暖，
滴滴石油滋化工。世间无工农，
衣食本无凭，岂能利住行。
伟哉我工农！
不羡香车与宝马，但求血汗换温饱。
不求荣华兼富贵，愿得人间财富增。
工农齐心邦必宁，伟大复兴定成功；
工农协力奔小康，中国梦想耀太空！

新型农民

翟存爱

农民勇敢铁肩担，重搁千斤若等闲。
节俭脱贫收硕果，勤劳致富获丰年。

背朝烈日思秋梦，头顶风霜念子安。

喜好诗书催奋勇，移栽贵品在心田。

无　题

魏锦花

中庭一树有清阴，国士须知豫让心。

梦绕潺湲江畔土，劳将茉莉品题金。

乾坤动合苍颜喜，美味初尝鹤发亲。

流水淙淙如碧玉，中宵甘澍均丰浸。

鹧鸪天·连营百里是大棚

周更生

漳水滩头伏玉龙，连营百里气如虹。犹如石勒千军帐，却在农家棚海中。　　黄瓜翠，柿茄红，村姑招展舞琼宫。乡村也有瑶池景，苦乐酸甜各不同。

如梦令·追梦

田晓珍

历尽欺凌伤痛，雷醒龙骧飞凤。一跃任图腾，碧宇祥云迎拥。追梦，追梦，华夏雄风殊众。

中国梦

马贵峰

江山增秀色，社稷盼官廉。
勤政民心顺，和谐百姓欢。
改革铺锦路，开放建家园。
盛世康庄道，幸福比蜜甜。

风雨伴真情
——写给榆社气象测报员

赵彩英

经天纬地我心装，变幻风云智慧扛。
夏夜蚊虫叮肤痒，冬晨雾雪浸衣裳。

星辰日月相随度，昼晚阴阳连续忙。
精益求精风范著，民安国泰谱新章。

古今中国梦

张贵文

一

中国古代梦尤长，别打战争好度荒。
寒士安居衣渐暖，人人饱饭不食糠。

二

当代中国梦最长，和谐内外睦邻邦。
复兴强盛荣于世，国富民欣万载昌。

建筑工

张炳昱

隆隆响起大厦升，不日难识故地城。
忆往改革多睿智，中国领袖劲东风。

重阳节抒怀

王志清

重阳九九艳阳头，一抹金黄五谷稠。
嘹亮歌声传喜讯，中国梦里看金秋。

中国梦

王跃平

富饶疆土无人犯，国富民强共暖寒。
狼虎尽除奸佞绝，神州大地众同欢。

中国梦

王祥厚

雪融冰解万花春，华夏腾飞伟业新。
国富民欣逢盛世，复兴之路启征轮。

写给一线的乡镇干部

田改建

终年奋战在基层，汗水泥巴伴朔风。
防火抗洪监地震，退耕林改搞计生。
养殖修路抚贫困，解难排忧释怨声。
政策条文勤贯彻，一针千线绣宏程。

环卫工人赞

孙玉芳

严寒酷暑勤劳作，城市容颜日日新。
汗水赢来民赞颂，甘于奉献倍欢欣。

菩萨蛮·建国六十五周年有感

靖石山

六十五载红旗猎，强国壮曲英雄写。领袖臂疾挥，万豪跃翠微。　狂擂出战鼓，创业多艰苦。旧貌换新装，欣摩额鬓霜。

纪念马定夫烈士诞辰一百周年

陈芥芳

太行苍劲挺拔松，风范光辉耸碧空。
铁骨铮铮芳百世，丹心耿耿血殷红。
枪林弹雨雄风壮，墨海文坛雅气浓。
血染硝烟烽火线，心牵百姓建殊功。

赞彩画大师岳俊德

常彩萍

胸怀大志意难休，妙笔生花纸上幽。
心系家乡情总在，夕阳正艳写春秋。

大美中国劳者千秋

李爱新

苍龙倚翠明珠润，夜璧流霓紫禁连。
塞北浓林生暖意，终南捷径出蓝田。
巡天入地千秋梦，过海围山万里笺。
若问斯民缘得此，勤劳戮力更无前。

满江红·蓝图描绘

阎定生

金鼓鸣兮，催将士、迸发勇气。十八大、蓝图描绘，人民欣慰。经济指标都定位，政权开放均收益。过七年、实现小康时，真实惠。　　建平等，依法治；持友善，文明立。百年迎华诞，富强惊世。创造文化思绪涌，抒发志愿铭词誓。自由来、要敬业诚实，家国利。

晋商美

阎效东

中国筑梦晋商美，招商引资传佳话。
比学赶超拓市场，国际国内有规划。
电商物流新业态，醋米油盐肉蛋茶。
人民生活稳提高，商务系统贡献大。

天仙子·中国梦

任 晋

虎啸龙吟穹宇听，沉睡百年雄狮醒。大唐盛世几时回？照史镜，憧梦境，国事民情牢记省。　　改革反腐并驾行，惩恶肃贪捉鬼影。动规改制风气新，纲纪定，乾坤清，明日辉煌应满径。

【双调·折桂令】开拓创收谱新篇

胡凤琴

爱岗位悦色和颜，服务一流，优质当先。拓展经营，增收创效，业绩翻番。　　重改革整合物产，创品牌刻苦攻坚，奋力登攀。诚信卓然，逐梦超前，再谱新篇。

歌咏电子

郭 柱

一

我本寰宇一精灵，天性活泼爱隐形。

无尽能量功用妙，甘心尘世献真情。

二

他乡拼搏领先行，巧手推波向锦程。
助力工农新发展，千行百业放光明。

三

都市有我不夜城，街灯明亮比繁星。
交通便利犹白昼，霓彩消遣歌舞呈。

四

工厂有我响机声，万千产品各纷登。
提升品质赛科技，市场繁荣有我功。

五

国防有我鬼神惊，电脑掌控陆海空。
维系三军飞电令，人凭电子决输赢。

戴月披星清洁工

安喜顺

普通百姓自谋生，求生进入环卫门。
戴月披星清洁工，城市到处遍身影。
只因工作实在忙，不到五更便起床。
一辆平车随手推，起舞扫尘入垃箱。

一年春夏与秋冬，不论下雨与刮风。
责任汗水付艰辛，身为城市做美容。
环卫职工普天下，长年累月无节假，
兄弟姐妹手足情，收入可观家和谐。
汽笛连声对你话，全心清洁把汗洒。
干净城市功劳大，为了小家奉大家。
城市记着你艰辛，星星月亮作见证。
绿树为你在鞠躬，市民向你来致敬。

电业人

尚花平

呼风唤雨性逍遥，万缕千丝架线条。
合理运筹知利弊，安全用电警钟敲。

光荣城市美容家

高宛玲

光荣城市美容家，晨色熹微落彩霞。
街道除尘增亮丽，公园清扫焕芳华。
汗珠满面不觉累，尘屑沾身似戴花。
环境美观心内喜，园林城市靓天涯。

水调歌头·复兴不是梦

申廷芳

中华江山秀，华夏文明地。两个百年梦想，搅动一池春水。梦之全面小康，国富民强安泰，美丽寄中国。自强不息奋斗，中国力量汇聚。　中国梦，劳动美，同心筑。神州大地，劳动最美春风劲。且看五湖四海，创新引领如潮，中国有精神。民族浩然气，复兴不是梦。

十月五日游灵石红崖大峡谷

聂云珍

太岳接天气宇宽，遥闻幽涧鸟声欢。
云拂赤壁悬飞瀑，霞落秋林戴锦冠。
放眼已觉游客醉，登高不畏逆风寒。
畅怀轻履峡中道，绝地山川任尔看。

电保姆
——致国网巡线工

荆永万

远山尚未近，蒿草出没中。
乱石已为峰，践履任西东。
空望细端清，俯首精目炯。
宽心已做秤，保电亦英雄。

望海潮·钓鱼岛

邓天智

东海碧波，千顷万顷，烘托一串明珠。钓鱼宝岛，屹然耸立，古来华夏礁屿。破晓千帆至，入暮满载归，年年如许。飓风恶浪，更是避险最佳处。　　堪笑权谋，欲造衅滋事，私相赠予。东邻愚恶，亦步亦趋，更演购岛闹剧，人间丘貉舞，亿万中国人，齐声说不。是和是战任尔，岛非我莫属。

清平乐·加班

田大新

细细金风，漆漆仲秋夜。树影阑珊屋外斜，半月独依青叶。　　屋内人影正忙，屋外蟋声绵长，已是半夜入眠，只剩黑犬彷徨。

梦

张敏锐

浩繁人生谁无梦，亘古难见两梦同。
南柯蚂蚁黄粱枕，庄生蝴蝶红楼春。
而今华夏同一梦，寰宇炎黄共长城。
梦圆举国欢庆日，解梦何须问周公。

长相思·铿锵红颜行

张晶晶

日也忙，夜也忙，三尺之间奋斗狂。枯荣点点霜。
雾茫茫，路茫茫，飒爽红颜也自强。酸甜苦辣尝。

卜算子·浅秋

李海鸥

秋雨打轻窗，丝细万千行，碧叶连天曼妙舞，风过绿池塘。　　蛙鸣渐渐息，秋蝉声声扬，梦里不觉岁月短，枫叶渐微黄。

秋游九寨沟

李 静

夙愿萦怀久，畅游九寨沟。

秋高云淡季，随夫实地游。

人间仙境幻，童话世界殊。

群山高耸峙，碧水湍激流。

雪峰矗立挺，磐石擎天柱。

湖泊呈五彩，钙华结玉珠。

山峦层林染，飞流泻瀑布。

牦牛啃绿草，翠鸟声啾啾。

九寨绚丽色，游人迷眼球。

本是异乡人，忘乡恋巴蜀。

深山俊鸟赞

——这是一位从深山走出来的女职工的真实事迹，作诗铭记，激励世人。

张根照

深山俊鸟，志远心高。
父母满意，亲友夸耀。
家境贫苦，衣食难保，
带着弟妹，旁听学校。
勤奋苦读，学业佼佼，
自学成才，师长称道。
破格重用，步步攀高，
工作出色，任务超标。
领导同事，敬佩仿效，
立业成家，再度辛劳。
治家有方，理财有招，
相夫教子，舍身用脑。
贤妻良母，万里难挑，
携扶弟妹，劳苦功高。
家家小康，帮出成效，
和睦邻里，团结友好。
帮贫济困，爱幼敬老，
堪称楷模，堪作师表。
巾帼典范，妇女骄傲，

女中丈夫，人中英豪！

乔家大院游感

张国民

当年哥哥走西口，路转百折不回头。
求生辛劳去路远，创业艰难岁月稠。
诚信赢得天下誉，精勤建起乡间楼。
屈指辉煌数百年，一代商骨仍风流。

壬辰阳春西柏坡遐思

武星亮

三晋同仁平山行，伫立圣地念往景。
三大战役定乾坤，马恩思想塑魂灵。
为民造福心无憾，承前启后有菁英。
考验远未有穷期，警钟确需日日鸣。

劳模组曲

李福庆

行香子·吕云玲

赤胆忠心，二十余春，率村民，致富驱贫。无私奉献，开拓创新。是孺子牛、领头雁、绘图人。　　山成翡翠，水听调遣，把穷乡，变作蓬瀛。鬓添霜雪，胸有豪情。似花木兰、梁红玉、穆桂英。

瑞鹧鸪·刘文军

神医山县数刘君，下笔开方似用兵。佐使君臣出健将，温清补泻显奇功。　　中西兼擅死神遁，病患齐夸德望崇。带动全科齐跨越，百花争艳满园红。

临江仙·刘文斌

绛帐春风数十载，未曾重任离肩，滋兰树蕙几曾闲？纷纷成大器，一一作中坚。　　不避辛劳带新手，促其共上前沿。才华横溢著宏编。德高人敬仰，业赫日中天。

燕归梁·徐龙

北武当山气势雄，卧虎藏龙。新闻写手有徐龙，惜分阴，笔耕勤。　　农事冗繁何足道，排万难，气如虹。扬清激浊壮东风，临花甲，更飞腾。

开拓创新铸辉煌

韩力立

圆梦中国人向往，主席挥手指方向。
宏伟蓝图描绘好，领先世界正起航。
全民开展读书热，素质教育紧跟上。
知识传递正能量，胸怀大志为国防。
脚踏实地跟党走，平凡岗位树榜样。
青年更需勇担当，开拓创新铸辉煌。

中华赞

宋永江

东方欲晓唱雄鸡，复兴中华梦正缇。
探海蛟龙寻宝藏，游天英健染霞霓。
山河共展强国景，稚耋同欢舞锦鬐。

政畅人和民富裕，神州盛世众心齐。

赋二首

丁　颖

建工赋

三晋锦绣，四塞要冲，依山枕水，诞我建工。诚信务实，创新发展，成就斐然，美名远扬。竭肱股之力，尽奉献之愿。千余精兵，奋战他乡，精品星罗二十九省。两湖两广两河山，四江四辖两宁川，新贵福青藏，古滇吉陕甘，不知几多也。北修鹳雀楼，南筑新机场。桥梁四通，场道八达；岩土地基，建造广厦；市政道桥，铺设华章。羡煞鲁班、技惊天佑，汾水太行几折桂。强夯置换，技艺成熟；旋挖式钻孔灌注桩，神工造化。钢筋为骨，水泥为肉；风雨为餐，冰雪为宿。夜以继日，筑长桥于怒涛；夙兴夜寐，引银鸟于重峦。圆小家梦，成腾飞梦也。

赤子心，怀祖国，立本职，做基石。劳动装点锦绣山河，劳动创造和谐生活；劳动承接历史文明，劳动开创美好未来。绘不尽建工梦想，道不完劳动光荣！

美丽中华赋

溯古兮，梦之初，先贤懿德。文景治，贞观荣，康乾繁，四海一；论今兮，梦之继，后辈雄才。开天辟地，孙文终千载帝制；振兴中华，革命起三民主义。外驱列强，毛润之挥斥方遒；内惩国贼，麾下将骁勇善战。八年抗战，灭倭寇还我河山；三年烽火，斗顽敌屹立世界。沧海桑田，小平倡改革开放；港澳归乡，中华行一国两制。水稻杂交，国土溢满稻花香；神舟载人，航天踏入新时代。南水北调，黄淮麦田逢甘露；西气东输，华东人民享光明。北京奥运，圣火耀礼仪之邦；上海世博，宾朋览万国之宝。蛟龙探海，潜入海底七千米；天路通途，贯穿屋脊四千里。

十八大，绘宏图，十二五，梦复兴。习主席，攻难关，不空谈，兴实干。打老虎拍苍蝇，反腐败倡清明。独行快，众行远，中国梦，世界梦。炎黄同协力，中华共复兴。

词三首

张洁玛

浪淘沙·山西机施筑路人

机械轰隆鸣，工地沸腾。铁臂挥处现彩虹。移山填壑拓通途，满怀豪情。　　朝披彩霞红，夜宿工棚。汗水绘就锦绣程。踏遍九州山与水，尽献丹心。

减字木兰花·高原雄鹰

远山雪顶，浓云乍涌覆晴空。霰粒漫舞，车水马龙战意浓。　　近拥骄阳，轻妆难掩"二团"红。谁人坚守？高原雄鹰机施人！

踏莎行·葫芦岛

碧云天高，红叶林烧。关外霜染秋来早。倦客无意观西陆，妻儿长恨相逢少。　　重车咆哮，爆声威号。群锤落地山也摇！百米沟壑日日高，托我中华神鹰遨！

诗二首

刘宏晋

五点起床收料

雨过清晨空气新，山雀鸣啼未出林。
旭日撕破浮云出，映红早起劳作人。

工期紧

冷光射塔吊，楼顶声喧闹。
夜半寒气袭，工人热气冒。

别友人

张喆喆

同窗一千四百日，相伴朝朝又暮暮。
如今龙城离别时，泪如雨丝断如珠。
建筑工人似浮萍，海角天涯处处生。
万事平安勿念挂，异乡艰辛多珍重。
相思仍托明月寄，举杯共饮在明朝。
他日亲朋共相聚，往昔风华重相忆。

诗二首

张鹏宇

短歌行

并州城南，平阳景苑。高阁林立，拥地百顷。西临汾水，南接长风，平阳旁侧，冠绝龙城。

时土荒旷空，百废待兴，四建二分，慨然受命。运筹帷幄，三载决胜。数十同仁，斩棘披荆，昼夜奋战，风雪难阻。汗如纷雨，潺潺光阴，齐心共力，方始功成。

然辉煌已昨，再望前程，个个争先，人人奋勇。愿筑众志成城，再展四建雄风！

共筑中华万里城

衣衫褴褛尘满身，又逢急雨泥中行。
一夜西风寒刺骨，行将入梦鸡又鸣。
艰难困苦何曾畏？满腔壮志不输人！
此身甘愿为砖石，共筑中华万里城。

西江月·建工人

李涌涛

广厦虔心构筑，丰碑血汗凝结。地球雕画有人杰，军马壮怀激烈。 力扫荒原断壁，赢得万户和谐。建工人梦驾飞碟，开辟崭新世界！

龙城新景

李稷韬

汗水筑路绕龙城，万亩森林净碧空。
高铁南站笑迎客，勤奋龙城万花红。

赞女钢筋工

张翔宇

工装笑脸映桥边，赞不绝声仰慕观。
绑扣寄托时代志，谁说女子不如男。

筑路工人

王建勇

肩披烈日汗滴扬，夜伴机声灯火煌。
小径拓宽妆靓市，匠心倾注绿他乡。
繁华闹市无暇看，迷漫车尘身正忙。
大道通车欢庆日，也邀工友举杯觞。

金秋夜偶感

邢丽珍

科技耕耘粒穗稠，镰刀不必再生愁。
银镰今向何方去？挂上星空成月钩。

参观三峡水利枢纽

李杰荣

秭归筑坝锁急流，喜报屈原荡尽愁。
发电防洪兼抗旱，长江水患再无忧。
机升小棹一梯渡，渠导庞轮五步泅。
雄伟工程寰宇最，引来内外客宾游。

塔吊工

银末田

铁塔钻天挺半空，臂长轻展剪舒云。
祥云撕片擦擦汗，三伏天里战高温。

农家小院

赵艳丽

黄瓜滴翠柿流霞，豆角调皮架上爬。
好雨及时泽大地，篱笆缀满幸福花。

长相思慢·诗咏原平

杨爱英

地阔云高，染霞漫宇，小桥九曲回廊。莲花绽放，晓雪天涯，介公祠里弥香。日暖晨霜，鸟翔疏林上，风动柔肠。峭壁影如钢，望滹河，一片汪洋。　　冉冉玉轮辉，暮听石乐，悄赏碧谷清凉。悠然兴步履，万安桥，鱼乱秋塘。今政方良，民遂愿，声声颂扬。感原平，和谐鼎泰，神舒怡弄华章。

鹧鸪天·中国梦

周贺林

三号嫦娥访广寒，蛟龙下海探深渊。箭飞高铁鸣笛过，灯闪宽衢穿洞涵。　　逢盛世，喜空前，习习风惠海棠园。汗花当彩全民绘，国梦康图笑语传。

路桥建设掠影

胡永鹏

桥路初封闭，听闻汽笛鸣。
春花无觅处，秋雨有其声。
铁臂当空舞，钢钎遍地行。
蓑衣忙碌者，城市美容兵。

马兰颂

李建平

夫马兰煤矿，傍依吕梁，处之东翼；踞并西南，襟带汾水；石器时期，已始文明；至汉魏也，物阜业兴；牧马屯田，置城御寇，名曰马兰，沧桑荏苒，魅力渐生焉。

巍哉马兰兮，群山环绕，起伏绵延；美乎马兰，百花流馥郁，林荫裹碧妆；青松叠翠兮，碧水泛波；楼宇摩天兮，鳞次栉比；幽径通衢兮，暗香吐芳；霓虹照耀兮，如星斑斓；和风惠畅兮，清丽悠长。

癸亥之夏，岁涌春潮；核煤联手，湘晋结缘；南军北迁，破土拓荒；壮哉马兰兮，乌金深藏；无畏开拓，虎步龙骧；当代夸父兮，逐日掘光；坤表溢彩，铁骨凝香；辟古牧之场为博弈之地，布四方八阵，集诸方英杰于旗下，广纳贤者之良言，彰显肝胆；愚公之志，拓荒钻巷；天穹当房，大地为床；尽寸心而居陋室，唯觉与国家之功鲜矣，与职工之利少矣，荆棘塞途，甘苦共尝；宵衣旰食，发扬蹈厉；强其国、利其民、兴其企、睦其家；龙鹏俱举，神骏载祥！马兰精神，声名远扬；优质宝藏，世人敬仰。

强哉马兰兮，廿三载艰辛；百端俱举，除旧布新；拔犀擢象，鸾翔凤集；冰壶玉尺，纤尘弗污；涓滴归公，自律廉明；弊绝风清，懿德流芳；以人为本，行社会和谐之道，奠企业发展之基；宏开万象，消郁躁之倦气，聚昂扬之锐意；携众人之手同奋进添企业后劲，展马兰雄风共患难谋职工福祉！党政同德，干群齐心；民之公仆，躬身亲行，飞奔于前而众皆紧跟其后；开一代之先河，蕴百年之大计，精思竭虑玉成其事，虽历七余载困苦，终展廿三年宏图。居荣耀而不骄，处逆境而不馁；文明创建，和谐共赢；人阜年丰，祥瑞康宁；沐改革开放春风，仰特色理论引航；倚精良之物华，夯务实之根基；潮头展风采，煤海当中坚；矿厂齐比翼，上下共忧患；以人为本，胸怀安全；严明细实，延伸理念；科学发展，科技兴安；安全地基，坚实如磐；技改创新，斐然成章；凭实力夺冠，以务实为民；玉汝终成，万里馨香。

雄哉马兰，俊才崛起；莘莘学子，济济群英；齐肩并进，谋百年发展大计；巧手共举，绘矿区未来胜景；素质工程，人才强企；十余年争先，心怀高远；筚路蓝缕，殚谋鸿猷；蒸蒸乎，秉持和谐而政通道和；浩浩乎，谋猷发展而物华民殷。大哉马兰，与时俱进；"平安马兰、生态马兰、科技马兰、人文马兰、爱心马兰、民主马兰、诚信马兰、创新马兰、法制马兰、品牌马兰"，迎风雨而奋进，携春秋而同行；盛世奏新曲，和谐谱华章。

大雅马兰，雅在四季；三阳柔照，水光潋滟，万花争艳，百鸟竞歌；有春之葱郁，夏之浓荫，秋之灿然，冬之庄严。棚户乔迁，小区毗连；宜居之所，最美家园。予观夫马兰之胜，胜在人文；南北汇集，多元并存；至若矿山文艺，嘉卉相映；书馨墨香兮，文化昭彰；翰墨奋藻兮，异彩炳焕；燕舞莺歌兮，丝竹和弦；俊才荟萃兮，文士团圞；孕崇高情操，扬道德风范；援助贫困，抚慰遗孀；善心捐助，爱洒八方；扬荣明善，抑耻止恶；先进文化哺育，职工文体璀璨；时时闻歌声，处处舞蹁跹；芷兰蕴诗情，清卷溢墨香；骨含钢心蕴火，气生坚胸孕智；群贤展宏图，马兰铸辉煌！骏马再昂首，锐势不可挡；登川望高远，前途更宽广！馨香祷祝，赫赫扬扬！

　　嗟夫！余赞曰：马奔长川，千军挥毫，缀得矿区妖娆，七余载创业骨傲，铮铮气冲云霄，荣也争春，辱也争春，誓让人间瘟消。

　　兰开大地，百卉夭夭，倾倒煤海天骄，廿四年壮心再蹈，漫漫雄关飞轺，谁是英豪，我是英豪，再显风流今朝。

念奴娇·国庆感怀

张文玉

　　梦生双木，正振威华夏，重展蓬勃。浩瀚民枝翻碧浪，党干耸迎虹霓。历练雷霆，搏拼冰雪，终列强林阙。大风唱罢，锐锋争可稍歇。　　不见外患长存，内忧尚重，街巷呼声烈？但愿运筹天地气，永执铮铮如铁。固实根基，肃除虫蠹,任酷寒炎热。舜魂尧魄,后来当更英杰。

织 布

郭桂兴

机群炫闹掷金梭,噪耳声中织细罗。
俊影徜徉身手快,挡的布阵万顷波。

钻探之夜随想

翟世旗

青山绿水美景在,钻探勘查深山中。
月上柳梢湖水平,虫鸣草萤伴钻工。
万山惧寂钻机声,难为钻工不入梦。
地下探得黑宝金,为民燃点启光明。

夜 归

——写给辛苦奔波中的上班族人

雨 君

脚踏黄灯影,身披数点星。

迎风顶寒浪，冒雪碾行程。

急速驰十里，催笛鸣几声。

近墙闻犬吠，入内火炉腾。

水调歌头·祁县首届道德模范颁奖典礼有感

李晓虹

首届道德颂，无愧楷模当。喜看祁地，助人为乐德无量。见义勇为涌现，孝老爱亲敬慕，闪闪放光芒。善行无疆域，尚德表衷肠。　　程国鼎，刘廷亮，马德芳。舍生取义，诠释生命美名扬，大爱无声执著，至美真情感动，德行耀家乡。演绎善真美，书写锦华章。

赞环卫工人

张秀林

橘黄外套闪金光，小巷大街四季忙。

挥帚只图环境雅，推车哪管手足脏？

为民宁愿披晨雾，舍己甘心斗晚霜。

莫道辛劳无客赞，迎来旭日奏华章。

驾驶员

墨 尘

方向丝毫不可偏，安全责大等同天。
情隆一路车飞速，景盛群山画漫延。
生命财产期保障，亲人乘客待团圆。
身勤意谨心无欲，好梦通宵共枕眠。

致建党九十三周年

李爱莲

百年风雨任沉浮，一叶南湖肝胆谋。
恰是芳华摧浊雾，好携侪侣抗倭仇。
江山旖旎雍襟括，日月迷蒙正德修。
更咏开元九州梦，青缨击浪砥中流。

沁园春·晴空

王 婧

骄阳绯红，华表巍峨，旌旗飞舞。览四海之内，灯光溢彩；千家万户，举国欢唱。琪花玉树，翠峰云落，山河秀丽好风光。新中国，用苍劲大手，抒写篇章。　　纪元如此灿烂，忆峥嵘岁月战鼓忙。看风云变迁，镰刀霍霍；碧血丹心，涂染沙场。餐风宿雨，南辕北转，重整华夏增富强。望今朝，趁身强力壮，再画辉煌。

破阵子·和平崛起中国梦

史洪久

浩瀚山河似海，炎黄血脉如泉。民族复兴中国梦，跟党长征闯万关。艰难只等闲。　　实干精神焕发，英才荟萃争先。科技创新开富路，文武双臻谱锦篇，天堂美世间。

环卫工赞

陆晨亮

环卫工，环卫工，扫街清污城市中。
一车一帚一铁锹，黄衫黄帽黄面孔。
双手轮茧身笼尘，胸淌汗水背如弓。
风吹雨打何所惧，身置飞雪犹似松。
寒暑易节日尽责，朝迎日出夜披星。
薪水高低无所忌，执著辛劳却怨声。
借问君为何许人？俺是山里农民工。

试探为啥如此辛？城市美容咱光荣。

一条街，半里深，来回往返不能停。

人渐困，饥难忍，一壶温水煴干饼。

上前采访一歇翁，他言工作特称心。

专用衣帽定时发，工资政府年年增。

队伍逐步年轻化，还添不少夫妻工。

人人都把爱心献，神州处处皆是春。

听一言，真开心，夸你实在不过分。

环卫工，环卫工，你是城市一功臣。

有你环境能清新，有你道路更畅通。

高歌一曲敬献你，平凡伟大环卫工。

闻倭寇侵我钓鱼岛怒作

谢连繁

曾经国难风雨愁，列强侵吞战事稠。

殇伤难愈九一八，阴影不散布卢沟。

蹄躏华土山河碎，戮戮同胞怨魂游。

视我人民牛羊蚁，屠我沪众血河流。

烧杀掠淫横刀肆，溅作酒浆踏头颅。

丧权辱国铭肺腑，历历惨状舒画轴。

靖社今又灰复燃，军国复活嚣倭寇。

蝙蝠扑膈充夜郎，蚂蚁鼓腮作驴吼。

不思前辙置人灾，复毁邻睦接边仇。

野心难泯伸魔爪，欲掠海岛归洋酉。

扣我华胞衅事端，侵我海域泛楫舟。
炎黄子孙今非昔，神州龙虎难再揉。
只为和谐作表率，谈判桌上论理由。
若要不识三分让，正义利剑早淬就。
屡侵华疆伸长手，身败名裂再作羞。

中国梦·劳动美

杨华汀

改天换地好儿郎，胸怀壮志圆梦忙。
玉兔蟾宫征碧宇，蛟龙海底探汪洋。
廉洁治党民心畅，固本强国社稷祥。
盛世神州情滚烫，青春热血献家乡。

凤凰古城夜沱江

马增祥

木楼吊脚半悬空，戏水廊桥落彩虹。
十里星河花月夜，一江流火绿摇红。

问街语丝

吕钢荣

有感于央视问街"幸福"、"家风"活动而作，在一切以金钱而论的今天，此活动意义在于传递一种正能量。

轻风缕缕暖心房，句句箴言源远长。
诚信勤廉传统路，义仁礼智祖宗方。
家庭幸福增光彩，社会文明谱华章。
德厚道馨民族兴，风清气正国运昌。

念奴娇·感怀高速情

张小茜

大江南北，任征鸿归去，再添锦苑。芳草萋萋舒望眼，紫气祥云相伴。绝壁峥嵘，太行险峻，欲断羊肠畔。峰回路转，望巉岩坐兴叹。　　高速路网蓝图，纵横交错，三晋通衢建。胜景奇观依次尽，笑看人民灿烂。心路相融，和衷共济，服务千方院。梦终实现，喜迎高路腾展。

沁园春·忻阜高速

白建军

阳春三月，草长莺飞，百花吐蕊。看群山漫溯，玉龙横卧，通衢大道；走马飞车，旌旗长啸；绿林遍野，尽展忻阜新面貌。忆往昔，看三晋大地，唯我忻阜。　　绿色畅通高效，引无数司乘竞自由。数忻阜功勋，灼金闪闪；雄才伟略，引吭高歌；前赴后继，勇创辉煌，争创三晋文明路。看今朝，已乘风破浪，万里翔游。

定风波·绿化验收记

李红涛

大运亨通夏日纱，炬炎燃起涧边霞。数树女贞将欲尽，求准，点灯夜算月光华。　　日上半弦观碧杏，虫蜢，急翔惊落杜鹃花。桥下行人相借问，芝郡，北行百里可为家。

"中国梦·劳动美"山西省职工诗词创作大赛
评委简介（旧体诗）

武正国

　　1940年生，山西省交城县人。研究员，曾任中共山西省委常委、秘书长，山西省人大常委会副主任，山西诗词学会会长，现为中华诗词学会顾问，中国作协会员。著有诗集《拾贝集》、《三晋咏怀》、《三春集》、《甲午集》等，主编《论诗千首》、《诗咏五台山》等。

李旦初

　　1935年生，湖南安化县人，山西大学原常务副校长、教授。中国作家协会会员，曾任山西诗词学会副

会长，著有《李旦初文集》12卷。

时　新

时新，1946年生，太原清徐人，研究员。中华诗词学会常务理事，山西诗词学会会长。著有《柳溪集》等。

郭翔臣

1945年11月生，山西阳泉平定人。山西省总工会退休干部，省总工会关心下一代工作委员会主任。中华诗词学会会员，中国散曲研究会会员，山西省作家协会会员，山西诗词学会副会长。著有《子翊诗曲》、《头白思走云深处》、《诗词入门捷径》、《诗词曲格律讲义》（与唐玉良合著）。

常永生

1960年8月生，太原人。笔名南枝，自号东山客人。山西诗词学会副会长，系中华诗词学会会员，中国楹联学会会员，山西省作家协会会员，太原楹联家协会理事，太原诗词学会副秘书长，曾出版《常永生诗词集》、《拾萃集》（合著）、《拾霓集》（合著）等。

黄文新

1940年2月生，字化民，别署黄文辛，河北乐亭人。大学学历，副教授职称。中华诗词学会会员，山西诗词学会常务理事，山西省作家协会会员，虹巢书画院副院长。著有《卧风楼诗稿》、《棠棣之花》等。

赵黄龙

1945年11月生，山西汾西人，中华诗词学会会员，中国楹联学会会员，山西诗词学会副秘书长，新田园诗书画研究院副院长，唐槐诗社副社长。《唐槐吟苑》常务副主编，著有《杏花岭集》。

张春义

1965年生，山西榆次人，太原理工大学毕业。中华诗词学会会员，太原市诗词学会常务理事，晋社社长，著有《俯首白云》。

原振华

1970年生，山西省长治人。山西大学政治教育系毕业，中学教师。中华诗词学会会员，山西诗词学会副秘书长，黄河散曲社副社长，《当代散曲》副主编。

师红儒

1971年生，山西朔州人，中华诗词学会会员，山西省作家协会会员，山西诗词学会会员，中国诗词协会理事，《马邑诗词曲》主编，《当代散曲》副主编。著有诗词集《烛影摇红》、《紫陌吟香》、《葵窗集》。

附录1

中华新韵常用字总表

郭翔臣　整理

平声韵

使用派入平声的入声字（下画线部分）作平声使用为新声，作仄声使用则大体为旧声韵。

一麻：a ia ua

阴平：啊跨扒巴疤笆杈差咖瓜哈花哗加迦痂袈嘉佳家葭夸啦妈摩趴葩杉沙犿莎痧鲨纱他她它凹哇洼蛙娲虾丫呀鸦哑查楂呱笳呵拉蓝吗咱仨裟渣

派入阴平的入声字：阿（又波阴平）八捌插擦夺哒搭发（又去声）夹刮嘎括垃邋抹掐杀刹煞（又去声）刷塌踏榻挖瞎鸭压押扎匝撒答

阳平：啊茶查搭槎华哗骅铧划（又去声）麻嘛蛤蟆拿南（南无）扒把爬耙琶娃霞暇瑕牙伢芽崖涯睚衔

派入阳平的入声字：拔跋察擦达沓答瘩乏伐阀筏罚滑猾夹颊戛拉匣狎侠狭峡黠杂砸扎札轧闸铡

二波：o e uo

阴平：波播菠玻搓蹉哆多锅过涡　坡颇莎婆梭犿拖蓑它窝倭蜗阿婀哥歌戈呵科蝌疴苛颗荷棵了么呢车奢赊遮

派入阴平的入声字：拔钵般剥戳撮郭国聒豁捋泊泼钹说缩托脱拙捉苛桌作鸽割搁喝磕瞌疙折蛰胳

阳平：脖嵯矬和罗萝逻锣箩骡螺镆摩模磨蘑磨魔挪娜婆

无（南无）驮酏陀驼鸵蛇鹅蛾娥峨哦讹禾何河荷婆哪阖

派入阳平的入声字：孛伯驳帛泊柏勃铍舶博脖鹁渤搏魄（又去声）箔膊薄夺度铎踱佛掇国掴帼活灼卓浊酌着凿啄琢缴勺濯昨作阁葛（又上声）颌合涸盒膜拙貉盍壳德得额阁则哲革格隔劾核咳舌责择泽胙折蜇谪摺辙翟宅

三皆：ie ue

阴平：爹阶皆嗟街乜些靴耶偕椰

派入阴平的入声字：瘪憋鳖跌节疖结接秸揭噘捏撇 切缺阙贴帖楔歇蝎削薛噎曰约

阳平：瘸蛇斜邪偕谐携爷耶揶茄

派入阳平的入声字：别蹩德得谍孽迭节碟蝶劫杰洁结桔捷 竭截决诀角觉绝倔掘脚獗爵矍嚼攫协胁挟撷穴学

四开：ai uai

阴平：开哎哀唉埃 挨掰猜钗差揣呆该垓乖掲腮鳃筛衰（又微韵阴平）摔（又上声）苔（又上声）台（又阳平）胎歪灾哉栽斋

派入阴平的入声字：拍摘拆塞

阳平：挨皑癌才财材裁侪柴豺还（又寒韵阳平）孩骸佪怀淮槐来埋霾排徘抬牌台（又阴平）苔（又阳平）

派入阳平的入声字：百白宅翟

五微：ei（uei）（无入声派入）

阴平：微陂杯卑背悲碑衰（又开韵阴平）崔催摧吹炊堆飞妃非菲绯扉蜚霏归龟（又尤、文韵平声）规皈闺黑嘿瑰傀灰诙挥恢晖辉麾徽亏岿勒悝盔窥呸胚虽恧推危委葳威逶偎隈葳煨激巍薇威追骓椎锥

阳平：垂陲捶椎槌锤肥回苘徊洄蛔馗葵暌魁累夔雷缧擂雷赢玫枚眉莓梅嵋媒煤酶霉糜陪培赔没裴蕤隋遂谁颓韦为贼

违围帏桅唯薇维鬼巍闱

六豪：ao iao

阴平：坳凹熬包苞胞剥煲褒标彪骠飙膘操糙抄钞超剿刀刁叼雕貂臊梢烧捎稍筲艄涛掏滔　饕佻肖枭叨碉凋高皋羔膏蒿交郊浇娇姣骄胶椒蛟焦蕉教跤礁盗捞撩猫孬抛泡剽漂飘缥悄敲雀锹橇搔骚臊缫骁逍消宵萧硝销削箫霄嚣哮约夭妖要腰邀遭糟招昭嘲着朝

派入阴平的入声字：约剥削

阳平：豪敖邀嗷熬翱鳌廖薄雹曹槽巢朝嘲潮号毫壕貉嚎嚼劳牢崂痨捞唠聊辽疗撩僚桥寥潦毛矛茅旄锚描髦苗描瞄挠绕猱刨咆炮袍跑嫖朴瓢藻乔侨荞峤翘憔樵瞧饶娆韶勺芍　逃洮掏啕条调迢尧肴淆姚窑谣摇徭遥瑶凿着

七尤：ou iu （iou）

阴平：抽丢都兜勾沟钩篝纠鸠究赳揪溜搂妞沤瓯呕欧殴抠鸥丘邱秋蚯龟（龟兹）收搜飕馊偷修休羞馐优忧悠幽舟州诌周粥

阳平：俦畴踌筹绸仇稠愁侯猴流留榴骝刘浏瘤遛瘤琉疏楼耧牟眸谋牛　囚仇求泅酋球裘柔揉蹂头投尤犹由邮油游

派入阳平的入声字：轴妯粥

八寒：an ian uan uan （无入声派入）

阴平：安氨谙鞍鹌鞍板班颁斑般搬瘢癍参骖餐搀川穿丹担单耽眈箪团囡郸聃殚端帆番蕃藩幡翻干（又去声）甘柑杆肝竿关观（又去声）纶官冠倌棺鳏酣憨鼾欢看勘龛堪戡宽潘攀三叁山衫删杉珊姗栅舢扇跚煽潸膻闩栓拴酸贪滩摊瘫湍弯湾蜿豌蜿簪占沾毡粘瞻专砖钻（又去声）边砭编蝙鞭参（又文韵阴平）餐掂癫颠巅尖奸歼坚间肩艰监兼笺渐溅煎捐涓娟圈鹃镌拈片扁偏篇翩千仟迁牵铅签天添仙先纤掀鲜轩宣萱喧

129

咽殷胭烟焉淹燕鸳冤渊

阳平：寒残蚕惭单禅（又去声）馋蝉谗缠婵潺传船椽凡烦攀樊繁汗含函韩还（又开韵阳平）环寰兰岚栏拦蓝澜篮褴峦銮鸾蛮谩蔓镘瞒男南难片般盘蹒然燃髯坛谈弹（又去声）谭痰潭团抟咱丸纨完玩顽蚕连怜帘莲涟联廉眠棉绵年粘黏便（又去声）前虔钱乾揩潜黔权全诠泉拳 倦田恬佃甜填恬闲贤弦咸涎衔玄悬旋旋延严言妍岩炎沿铅研盐阎筵颜檐元圆员垣袁原园援媛缘猿源辕

九文：en in（ien）un（uen）un（无入声派入）

阴平：奔（又去声）宾彬斌滨摈缤濒参（又先韵阴平）喷春椿村皴 吨墩敦蹲恩分芬吩纷氛根跟昏荤婚巾今斤金津衿筋襟禁军均君龟（龟裂）钧坤昆抡拎闷喷拼奸钦侵亲衾森申伸身呻绅莘娠深孙狲吞暾温瘟心芯辛忻欣新薪馨鑫勋熏薰醺因阴茵荫音姻氤殷晕贞针侦珍真砧斟甄箴臻谆尊

阳平：岑臣橙尘辰沉忱陈宸晨纯唇淳醇存蹲坟汾焚痕浑馄混魂邻林临淋琳磷鳞麟仑伦论抡纶沦轮门扪们民您盆贫频颦芹秦琴矜禽勤擒噙裙群人仁任神什屯囤豚臀文纹闻蚊旬寻巡询循吟垠银淫寅云纭匀芸耘

十唐：ang iang uang（无入声派入）

阴平：邦帮梆浜仓苍伧（又去声）沧舱昌倡猖娼 创疮窗当档裆方坊芳冈岗（又上声）扛刚杠纲钢缸光夯荒慌肓江将姜浆僵缰疆康慷糠匡筐乓滂膀羌枪将腔囔丧桑伤汤殇商觞双霜孀 汪乡相香厢湘湘箱襄骧央殃泱鸯秧赃脏臧张章彰獐妆庄桩装

阳平：藏昂长场肠尝常偿徜裳嫦床幢防坊妨防房行（又庚韵阳平）杭航皇黄凰隍惶煌潢蝗篁磺簧狂诳郎狼琅廊良凉粮梁量邙盲岷茫忙囊娘彷庞旁膀强（又上声）墙蔷嫱瓤唐堂

棠塘搪糖溏亡王详降翔扬阳羊杨洋

十一庚：eng（ieng）ong（ueng）iong（ueng）（无入声派入）

阴平：庚并崩绷冰兵槟屏称撑灯登蹬镫丁仃叮盯钉酊丰风封枫疯峰烽锋蜂鄷更耕羹亨哼精茎惊京经晴泾荆旌晶粳兢鲸坑吭铿蒙抨怦砰烹嘭乒俜青轻倾卿清扔僧生声牲胜笙甥厅汀听翁嗡兴星腥猩惺应英莺婴樱鹦膺鹰曾增憎正（又去声）争征怔挣峥狰症睁筝蒸东冲充憧舂葱匆聪冬咚工弓公功攻供肱宫恭蚣躬龚觥哼轰哄烘空箜崆松忪嵩通（又去声）凶兄匈汹胸佣痈拥庸慵雍中忠终钟盅衷宗综棕踪鬃

阳平：层曾成丞呈诚承城乘盛程惩澄橙冯逢缝（又去声）恒　横衡楞棱伶灵泠玲令（又上、去声）凌陵聆菱棂蛉羚绫零龄翎龙岷虻萌蒙盟甍薨艨名茗明鸣冥铭暝瞑能宁拧咛狞凝平彭膨澎棚蓬鹏篷评坪苹凭瓶萍情晴擎仍绳疼腾誊藤廷亭庭停蜓婷霆刑行（又阳韵阳平）形邢陉迎荧盈萤荥萦赢瀛虫重崇从丛弘红洪鸿聋笼隆窿农侬哝浓　穷穹茕琼戎容荣绒嵘蓉融同彤侗桐童瞳僮　雄熊

十二齐：i e er

阴平：低羝堤提几讥机肌鸡奇屐（又入声）姬基期稽畸箕斋嵇饥羁咪眯妮丕批披批砒沴妻栖期梯蹊欺兮西溪希稀熙牺唏嘻樨羲曦醯伊医衣（又去声）依猗噫居车且拘驹俱疽据区岖驱祛蛆躯趋吁须虚嘘墟迂誉（又去声）淤

<u>派入阴平的入声字：逼滴圾唧积屐（又阴平）缉激迹绩劈霹七柒戚漆别踢夕吸夕汐昔析息悉晰淅惜晢锡熄膝蟋一壹揖曲屈掬鞠戌</u>

阳平：厘狸离梨鹂骊犁漓璃黎藜罹篱蠡迷弥眯谜蘼（又上声）糜尼泥呢妮霓皮疲毗蚍啤琵脾黧黧齐祈歧祁其奇畦骑

棋旗麒提啼题蹄仪夷圮迤饴怡宜贻沂姨蛇移遗（又微韵去声）颐疑彝儿而驴闾渠蕖璩衢徐于予好余欤盂臾鱼竽谀娱渔隅揄喁畬逾腴渝愉榆瑜虞愚舰舆

派入阳平的入声字：鼻狄迪的籴获敌涤笛嫡镝及吉岌汲级极即亟急疾棘集楫辑嫉瘠籍脊习席袭媳檄锡局桔菊橘曲（又上声）

十三支：（--i）（★）零韵母

阴平：哧鸱嗤痴魑眵差疵尸师狮施司丝私思咝鸶斯撕嘶之知支芝枝肢脂蜘仔咨姿滋生兹资缁辎孳

派入阴平的入声字：吃失虱湿只汁织

阳平：池弛驰迟持匙墀踟词瓷辞慈磁雌时埘

派入阳平的入声字：拾十石（又寒韵去声）实识食蚀什执 直伿值职植殖絷跖蹠

十四姑：U

阴平：初粗都夫肤麸 孵敷估姑咕沽孤轱鸪菇辜箍乎呼戏糊枯骷撸 铺书抒纾枢姝殊梳舒输疏蔬苏酥乌污呜於巫诬恶朱诛珠株诸铢猪蛛租

派入阴平的入声字：出督忽惚哭窟仆扑噗叔倏菽淑凸突秃屋

阳平：刍除厨锄滁蛉蹰雏凫扶俘浮蚨蜉桴符蜉芙狐弧胡和壶葫糊蝴湖卢芦庐垆炉沪模奴匍菩葡脯如茹儒嚅孺襦图茶徒途 屠无毋芜吾吴捂唔梧蜈

派入阳平的入声字：不毒独读渎椟牍黩犊佛幅袱拂拂伏服福孰赎塾熟俗竹术竺逐烛舳足卒族

仄声韵

派入仄声的入声字在诗中不受影响，因为全是仄声，但是应当注意填词时入声入韵的要求。

一麻：a ia ua

上声：把靶又衩（又去声）打剐寡哈贾假卡咔侉垮喇俩马吗玛码蚂哪卡洒傻耍瓦哑　雅咋诈爪

派入上声的入声字：法甲撒塔眨獭

去声：坝把爸耙罢霸衩（又上声）诧差大卦挂褂化划画话桦价驾架假嫁稼挎胯落跨骂那娜怕下夏厦厦亚炸榨瓦

派入去声的入声字：刹发（又阴平）划刺腊蜡辣纳帕恰洽卅飒萨歃煞（又阴平）拓榻踏蹋袜吓轧压栅

二波：o e uo

上声：簸（又去声）朵垛躲果裹火伙夥裸颇所锁唢琐妥我倭左佐坷可（又车韵去声）舸扯恶惹舍（又去声）者

派入上声的入声字：桲抹索撮渴

去声：播薄簸（又上声）措错挫堕剁舵惰踩垛过货和磨蘑懦破些唾卧坐座做酢祚饿那个贺荷课驮社舍（又上声）射赦麝这蔗鹧

派入去声的入声字：错或获惑霍豁扩括阔廓落烙抹袜蓦凿洛骆络末没沫陌冒脉莫秣漠寞墨默诺朴迫粕魄弱若箬勺烁铄朔数拓魄沃握幄作恶谔鳄各喝壑鹤乐赫策册测厕侧彻撤澈坼掣厄扼吓倔客刻克勒肋热色瑟塞涩啬穑设涉摄慑特忒仄浙这

三皆：ie ue 上声

瘪姐解（jie，南音gǎi 解放；xiè 姓解，去声；hài 獬州，

去声）咧且写也冶野

派入上声的入声字：蹶撇血雪铁帖

去声：界介届戒诫借卸疥藉械谢解（又上声）懈邂夜蟹

派入去声的入声字：倔列劣烈冽鬣裂猎趔略掠灭蔑聂啮孽虐切妾怯窃却雀确鹊阙榷泻绁屑亵 咽掖曳液谒腋业页叶乐月岳阅钥说（又shuo）悦跃铖越狱（岳）粤

四开：ai uai

上声：矮蔼霭摆采彩睬揣逮歹傣改海凯铠慨楷买乃奶甩摔载宰崽拐窄

派入上声的入声字：百柏伯佰

去声：艾（又衣韵去声）爱隘碍暧败菜蔡代岱玳带殆贷待怠袋逮戴黛丐芥钙盖溉概怪亥害坏会块快侩筷赖睐籁卖迈奈耐鼐派湃塞赛晒帅率（又乌韵去声）太汰态泰外再在载债寨拽

派入去声的入声字：麦脉塞

五微：ei ui（uei）

上声：匪诽菲翡蜚给轨诡鬼悔毁累耒垒磊蕾傀美每蕊水髓腿伟苇唯尾娓委诿萎痿猥嘴

派入上声的入声字：北

去声：贝狈钡吹备背被辈孛悖倍焙蓓惫臂萃淬粹翠脆对兑队苫肺沸费废吠柜刽桧贵桂跪鳜会惠秽诲晦慧卉汇蕙讳贿绘馈溃愧聩泪类累肋妹昧寐魅袂媚内沛佩配辔锐瑞睿睡税说岁祟遂碎隧燧穗退蜕未味胃谓猥畏渭尉卫位遗（又衣韵阳平）魏为坠缀馁赘最罪醉

六豪：ao iao（无入声派入）

上声：袄媪拗饱宝保鸨葆堡表婊裱草吵炒导岛捣倒祷蹈搞镐缟稿好郝铰狡绞矫皎搅角脚狡剿（又阴平）傲缴考拷烤

老姥佬了燎卯铆邈秒渺藐舀恼脑瑙鸟袅跑殍漂巧悄（又阴平）雀扰绕扫嫂少讨挑窈小晓杳舀咬夭早枣蚤澡爪找沼

去声：傲拗澳报抱豹鲍暴爆到悼倒盗道稻吊钓调掉告号好耗浩皓叫觉校轿教较窖酵爵犒靠涝络烙料撂廖　茂冒贸耄帽貌妙庙闹尿爆炮疱票漂剽骠俏窍壳翘撬绕扫少邵绍哨稍套跳孝哮肖笑效校啸要钥耀皂灶造噪召赵兆棹照罩召肇

七尤：ou iu（iou）

上声：丑瞅斗抖蚪陡缶苟狗吼九久韭酒口柳搂篓某扭忸偶呕藕手首守擞朽宿（又去声）友有酉莠帚肘走

去声：臭凑豆逗读窦斗垢构购勾诟够后候厚舅就疚旧救厩枢扣叩寇蔻溜遛陋露漏拗沤怄受授寿狩售绶瘦擞嗽透秀绣岫袖臭嗅宿（又上声）又右幼有佑诱　咒纣宙胄昼　骤籀奏揍

派入去声的入声字：肉兽六　陆（大写六）

八寒：an ian uan üan（无入声派入）

上声：俺板版惨产谄铲阐舛喘胆短反返杆赶敢感馆管罕喊缓坎侃砍槛款览揽缆懒卵满暖冉染阮软伞散闪陕掺忐坦袒毯挽宛婉晚惋婉碗斩盏展崭辗转纂贬扁匾典点碘踮拣茧柬俭检研减剪简卷敛脸免勉娩冕腼腆捻辇撵碾浅谴犬舔腆显险鲜藓选掩眼演远

去声：岸按案胺暗黯半伴拌扮绊瓣灿掺颤串钏窜篡石（又衣韵阳平）旦担但诞淡弹（又阳平）惮蛋澹段断缎煅犯饭范贩梵泛干（又阴平）　贯观（又阴平）冠盥灌罐汉汗旱菡颔翰撼焊悍瀚幻换宦涣唤患焕豢看嵌勘烂滥曼谩蔓慢漫乱难判盼叛散讪单扇善禅缮擅膳赡涮蒜算炭探万腕馒暂赞占栈战站绽湛颤（颤抖、打颤）蘸传钻（又阴平）转（又上声）啭赚（zhuan、zuan）撰篆馔攥下弁汴变便（又阳平便宜）

遍辨辩辫电佃甸店玷垫淀惦奠殿见件间建荐健贱剑涧监舰渐谏践溅鉴键槛箭卷倦绢圈眷练炼恋殓潋面廿念片倩堑嵌歉劝券县现宪限线陷羡献眩炫绚旋咽艳唁宴验谚雁滟燕苑院愿媛（又阴平）

九文：en in（ien）un（uen）un（无入声派入）

上声：本蠢粉滚磙很仅尽紧锦谨肯垦啃捆壶凛皿抿闽敏品寝忍荏损笋沈审婶哂吮刎紊稳尹引饮蚓殷隐瘾允陨怎诊枕疹缜准墩

去声：奔（又阴平）笨摈膑殡鬓衬称寸囤沌钝盾吨（又阴平）顿遁分份愤奋忿粪亘艮棍恨诨混仅妗尽进近劲荩晋烬浸禁觐噤俊菌郡竣浚困吝赁淋闷焖懑恁嫩论喷聘沁亲刃认仞任妊润闰肾甚顺舜瞬问信衅训迅汛讯驯逊殉浚印饮荫孕运晕酝愠韵 阵鸩振朕赈震镇

十唐：ang iang uang（无入声派入）

上声：绑榜膀厂场敞氅闯挡党访彷纺岗（又阴平）港广晃幌讲奖浆蒋耩郎两俩魉莽蟒抢强（又阳平）襁壤嚷嗓搡晌赏爽淌躺网枉往惘魍享响想飨仰养氧痒长涨掌

去声：蚌棒傍谤怅畅唱创怆（又阴平）当宕荡挡档放杠逛巷晃匠降将强酱犟抗炕旷况矿框浪阆亮谅辆靓量晾 踉攘酿胖呛跄让相象像橡恙漾（又音shang）奘（又上声）脏丧上（又上声）葬藏丈仗杖账涨胀障幛嶂瘴壮状撞僮幢

十一庚：eng ing（ieng）ong（ueng）iong（ueng）（无入声派入）

上声：绷丙秉柄饼炳屏禀逞骋等戥顶酊鼎讽埂耿鲠梗井阱颈到景警冷令（又阳、去声）岭领梦猛艋蠓蒙懵酩捧顷请省挺艇醒撑影颖拯整宠董懂巩汞迥炯窘孔恐倥拢垄笼拢冗耸怂竦统捅桶筒永泳勇涌恿蛹肿种冢总偬（又去）

去声：泵逬蚌蹦并病摒秤邓凳澄磴蹬订钉定锭凤奉缝更横劲径净胫痉竞竟敬靖静境镜另令（又阳上）愣孟梦命宁佞拧泞碰庆磬馨圣胜乘盛剩瓮兴杏幸姓性应映硬赠正（又阴平）证郑怔政　挣症冲动冻栋洞恫共贡供讧哄空控弄讼宋送诵颂恸痛通（又阴平）用佣中仲众种重纵粽

十二齐：i er u

上声：匕比姃彼鄙诋抵底砥几己挤礼李里逦鲤理悝蠡米拟你否痞岂企启杞起绮　体洗玺徙喜　已以尾矣　蚁倚椅旖尔耳迩饵柜咀沮举龃吕侣铝旅屡缕履女取许诩栩与予屿宇羽雨禹语龉龃圄

派入上声的入声字：笔给戟脊匹癖劈乞乙曲（又阳平）

去声：币闭庇毖陛毙敝婢秘蔽婢弊避臂比费地弟的娣第帝缔蒂棣缔递计记伎纪芰技系忌际剂济既觊继祭寄骑霁冀骥历吏丽励利例砺隶荔莉苈粒痢泥昵腻睨屁媲气弃妻砌器憩汽剃涕替悌嚏戏（又乌韵阴平）系细褉亿义艺噫刈忆艾（又开韵去声）议衣（又阴平）异易诣翌裔翊意毅翼懿缢二贰巨句聚拒炬沮俱据倨距惧飓锯滤虑女趣去觑序叙酗绪絮煦婿与玉驭芋吁妪雨语预喻御寓裕愈豫遇誉（又阴平）

派入去声的入声字：必毕弼辟碧壁璧的迹寂力历立呖沥栗砾笠雳觅密蜜匿溺僻譬泣却阅隙一屹亦抑邑佚役译逆易驿疫弈奕益逸溢剧律绿率（又开韵去声）旭畜蓄恤续蓿玉郁育狱浴域欲

十三支：（_i）（★）零韵母

上声：齿侈耻此史使矢始驶屎死止祉只咫旨指纸趾子仔籽姊秭紫梓滓

派入上声的入声字：尺

去声：炽翅次伺刺赐士氏示世仕市式似事势侍试视柿拭

137

是恃逝誓舐弑谥嗜巴四寺似姒饲耜祀泗驷食肆嗣至识帜制柽治峙致痔智痣滞虒置雉稚自挚志质字恣眦渍

派入去声的入声字:叱赤饬敕轼拭饰适室释式质秩窒炙日

十四姑：U

上声：补捕哺堡（又豪韵上声）处杵础储楚肚堵赌父睹抚拊斧府俯釜辅腑腐古股牯贾蛊鼓瞽虎浒苦鲁橹虏母牡亩姆姥努普谱汝乳暑黍署鼠数薯曙土吐午五伍忤妩武侮捂鹉舞主拄渚煮诅阻组俎祖

派入上声的入声字：卜笃谷骨朴辱蹼属蜀嘱瞩

去声：布怖步部薄醋杜妒度渡镀蠹父付负妇附副赋富固故顾雇锢户互库裤绔路赂露鹭暮幕募墓慕怒铺树竖塑数墅素诉溯兔吐务悟误晤雾坞鹜仆助住贮杼注驻柱炷著蛀箸铸

派入去声的入声字：不畜矗触黜促卒猝复腹覆缚馥酷六（又尤韵去）陆（又尤韵去声大写六）鹿绿禄碌麓戮木目沐牧睦穆瀑曝入术怵束述夙肃宿粟缩簌物勿筑祝

平仄通用字表

估倌侦偏僚偿先凭雍冻凛凝雝廷延填增封只吁吟叹围嵌娇巉岩庵如妨娱娇几莹机桦标犹收曼汪泯凉深沧溶漕湝潜浏澜抓抛抗抻拖 拌披拱挑探揩援搴摩撞挠操拥挤攘挥毛参望腌胶朦脸臁欸施旑怨悫砭砥磋眩瞭瞪生秤穿耽听虹裁装荒茹莱薰蕴翰翳经缭缔缠赳轲输舆轿轰酢醒贯跨迁过订讪讼评诋课论谆谖谜谩誉谂零霆霓防院针钞钿铜键镀镇镣颇颈颔饶罄驱鳗黯鼾，根据《诗韵》，可平可仄者还有：漫从售忘患看笼障场俱谊（去声）茗（上声）令：作"使"字解释时读作平声，思：作名词时读作仄声暇（去声）教：作"使"字解释时读作平声，倾（平声）惩（平声）癸（仄声）泡《增广诗韵集成》列为平声）探《增广诗韵集成》列为平声，但唐人亦有用作仄声者）暝（仄声）

平仄两音意义不同者　疏仄名平形容难仄名平形容扇仄名平动烧仄名平动行仄名平吹仄名平动思仄名平动乘仄名平动仄名于动传仄名平动闻仄名平动调仄名平动论仄名平动骑仄名平动观仄名平动兴仄名平动形容词令仄名平动使教仄名平动让分仄名名份平动词王仄动平名衣仄动平名词冠仄功平名荷仄动平名间仄动平名中间污仄动染平名中仄动平其它长仄动及长幼平长短漫仄动漫出平一形容词漫漫相仄宰相平互相燕仄燕子平国名翰仄翰墨平鸟羽便仄方便平安静胜仄名胜平经得起胜过为仄因为平作为雍仄州名平和也占仄占据于占卜扁仄形容词平名词扁舟治仄形容平动正仄形容副平正月判仄判别平拼着不仄否定平是否傍仄依平同旁浪仄波平沧浪强仄勉强平强有力施仄施舍平施行当仄相称平应当正值称仄相称合适平称谓要仄要不要平约也旋仄副俄顷平动和仄唱和平合好与颇仄略有平形容偏颇供仄陈设平供给那仄无奈平何也华仄华山平华美禁仄禁止禁令平经得起殷仄雷声平富大重仄轻重副平重叠任仄听任任务平动平仄两读意义不变者：醒听看过望忘

附录2

格律诗的格式及变换规律

郭翔臣　整理

一、五绝四种格式：

1. 五绝仄起仄收不入韵　正格（首句领）

索句何曾尽，依山几望流。循声听古绝，疾步上层楼。

仄仄平平仄，平平仄仄平。平平平仄仄，仄仄仄平平。

2. 五绝平起平收入韵式（次句领）

依山几望流，疾步上层楼。索句何曾尽，吟诗鹳雀悠。

平平仄仄平，仄仄仄平平。仄仄平平仄。平平仄仄平。

3. 五绝平起仄收不入韵式　偏格（三句领）

循声听古绝，疾步上层楼。索句何曾尽，依山几望流。

平平平仄仄，仄仄仄平平。仄仄平平仄，平平仄仄平。

4. 五绝仄起平收入韵式（四句领）

疾步上层楼，依山几望流。循声听古绝，鹳雀韵悠悠。

仄仄仄平平，平平仄仄平。平平平仄仄，仄仄仄平平。

二、七绝四种格式：（五绝前依次加与句首相反声调的字词）

1.七绝平起仄收不入韵式（首句领）

千年索句何曾尽，晚日依山几望流。戍客循声听古绝，诗人疾步上层楼。

平平仄仄平平仄，仄仄平平仄仄平。仄仄平平平仄仄，平平仄仄仄平平。

2. 七绝仄起平收入韵（次句领）

晚日依山几望流，诗人疾步上层楼。千年索句何曾尽，鹳雀吟诗入韵悠。

仄仄平平仄仄平，平平仄仄仄平平。平平仄仄平平仄，仄仄平平仄仄平。

3. 七绝仄起仄收不入韵（三句领）

戍客循声听古绝，诗人疾步上层楼。千年索句何曾尽，晚日青山几望流。

仄仄平平平仄仄，平平仄仄仄平平。平平仄仄平平仄，仄仄平平仄仄平。

4. 七绝平起平收入韵式（四句领）

诗人疾步上层楼，晚日依山几望流。戍客循声听古绝，诗人鹳雀韵悠悠。

平平仄仄仄平平，仄仄平平仄仄平。仄仄平平平仄仄，平平仄仄仄平平。

三、五律四种格式：（五绝有条件的延伸：五尾仄不入韵、中间两联必须对仗。）

1. 五律仄起仄收不入韵　正格（首句领）

索句何曾尽，依山几望流。循声听古绝，疾步上层楼。浩淼高三界，雄浑立九州。昂扬抒四极，激越诵千秋。

仄仄平平仄，平平仄仄平。平平平仄仄，仄仄仄平平。仄仄平平仄，平平仄仄平。平平平仄仄，仄仄仄平平。

2. 五律平起平收入韵式（次句领）

依山几望流，疾步上层楼。索句何曾尽，吟诗鹳雀悠。昂扬抒四极，激越诵千秋。浩淼通三界，雄浑立九州。

平平仄仄平，仄仄仄平平。仄仄平平仄，平平仄仄平。

平平平仄仄，仄仄仄平平。仄仄平平仄，平平仄仄平。

3. 五律平起仄收不入韵式（三句领）

循声听古绝，疾步上层楼。索句何曾尽，依山几望流。

昂扬抒四极，激越诵千秋。浩淼通三界，雄浑立九州。

平平平仄仄，仄仄仄平平。仄仄平平仄，平平仄仄平。

平平平仄仄，仄仄仄平平。仄仄平平仄，平平仄仄平。

4. 五律仄起平收入韵式（四句领）

疾步上层楼，依山几望流。循声听古绝，索句谱新猷。

浩淼通三界，雄浑立九州。昂扬抒四极，激越诵千秋。

仄仄仄平平，平平仄仄平。平平平仄仄，仄仄仄平平。

仄仄平平仄，平平仄仄平。平平平仄仄，仄仄仄平平。

四、七律四种格式：要求与五律同。

1. 七律平起仄收不入韵式（首句领）

行年索句何曾尽，晚日依山几望流。戍客循声听古绝，诗人疾步上层楼。

清盈浩淼高三界，磊落雄浑立九州。历世昂扬抒四极，人生激越诵千秋。

平平仄仄平平仄，仄仄平平仄仄平。仄仄平平平仄仄，平平仄仄仄平平。

平平仄仄平平仄，仄仄平平仄仄平。仄仄平平平仄仄，平平仄仄仄平平。

2. 七律仄起平收入韵式（次句领）

晚日依山几望流，诗人疾步上层楼。千年索句何曾尽，鹳雀吟诗入韵悠。

历世昂扬抒四极，人生激越诵千秋。清盈浩淼高三界，磊落雄浑立九州。

仄仄平平仄仄平，平平仄仄仄平平。平平仄仄平平仄。

仄仄平平仄仄平。

仄仄平平平仄仄，平平仄仄仄平平。平平仄仄平平仄，
仄仄平平仄仄平。

3. 七律仄起仄收不入韵式（三句领）

俗客循声听古绝，诗人疾步上层楼。千年索句何曾尽，
晚日依山几望流。

历世昂扬抒四极，人生激越诵千秋。清盈浩淼高三界，
磊落雄浑立九州。

仄仄平平平仄仄，平平仄仄仄平平。平平仄仄平平仄，
仄仄平平仄仄平。

仄仄平平平仄仄，平平仄仄仄平平。平平仄仄平平仄，
仄仄平平仄仄平。

4. 七律平起平收入韵式（四句领）

诗人疾步上层楼，晚日依山几望流。俗客循声听古绝，
吟诗鹤雀谱新讴。

清盈浩淼高三界，磊落雄浑立九州。历世昂扬抒四极，
人生激越诵千秋。

平平仄仄仄平平，仄仄平平仄仄平。仄仄平平平仄仄，
平平仄仄仄平平。

平平仄仄平平仄，仄仄平平仄仄平。仄仄平平平仄仄，
平平仄仄仄平平。

律绝诗的仄格也可以这样推出，但因为现实中写的很
少，故不再列出。

在近体诗创作中，五字句的1、3处，七字句的1、3、5
处，在保证音节处合乎规定及不出现孤平、三平尾、三仄脚
的情况下，可予以变通。